New Wave

*Du même auteur*
*aux Éditions J'ai lu*

CAMPING ATLANTIC

*N° 8655*

LA PAUSE

*N° 8747*

ARIEL
KENIG

D'après un scénario original de
GAËL
MOREL

# New Wave

ROMAN

J'AI LU
NOUVELLE GENERATION

Librement adapté du téléfilm *New Wave*.
Scénario, adaptation et dialogues de Gaël Morel.
Un film de Gaël Morel.

Distributeur : ZODIAK ENTERTAINMENT DISTRIBUTION.

# Préface

Je n'ai jamais adapté de roman. Loin de considérer cet acte « impur », la passion que je porte à la littérature me met dans la même position qu'un analphabète. Elle m'intimide, me tétanise et m'empêche, au final, plus qu'elle ne me permet. J'accueillis le projet de cette « novellisation » avec enthousiasme : il s'agissait de faire l'inverse de ce que je n'avais pas fait.

Tout est parti de ces heureux hasards que s'interdisent pourtant les réalisateurs et les écrivains soucieux de vraisemblance. J'avais apporté sur la préparation de *New Wave* un lot de livres censé occuper mon temps libre. Mais, très vite, l'urgence du tournage et la fatigue m'éloignèrent de mes objectifs de lecteur. Sauvé du lot, *Quitter la France* d'Ariel Kenig fut le seul livre que je lus. Emporté par son souffle, je découvrais une écriture rageuse, salvatrice, n'ayant pas plus peur des coups de griffes, violents et brutaux, que des envolées lyriques.

Replongé au cœur de mon adolescence, restituant avec toute mon équipe l'ambiance des années 80, j'étais brusquement ramené à aujourd'hui. Je notais « Ariel Kenig », cette belle et forte présence au monde qui répondait au souvenir de précédentes rencontres, avec d'autres écrivains… Rachid O., ami de toujours, directement sorti d'un scénario que je n'ai pas eu le talent d'écrire. Et Christophe Honoré, frère d'écriture et de cinéma, une rencontre capitale dans ma courte carrière.

Le tournage commença. Même si le sujet était on ne peut plus éloigné de *Quitter la France*, la voix que j'avais entendue au fil des pages était celle d'un jeune homme révolté avec beauté. Cette beauté dans la révolte, cette classe dans la violence, m'insufflait certaines directions que j'indiquai à mes jeunes acteurs.

De retour à Paris, pour le montage du film, je rencontrai dans les locaux de production Guillaume Robert, éditeur chez Flammarion. Il avait lu le scénario de *New Wave* qu'il avait découvert sur le bureau d'une collègue par le plus grand des hasards. Son attention avait été retenue par ce titre, *New Wave*, véritable madeleine de Proust pour la génération des trentenaires. Guillaume me présenta son projet : partir du scénario pour en faire un roman, une forme d'adaptation à l'envers.

Grand lecteur, passionné de littérature, mon ego fut flatté… un quart de seconde. Très vite, j'envisageai le travail qu'impliquait une mise en forme romanesque et questionnai ma capacité à mener une telle entreprise à terme. Parant à cette éventualité, Guillaume avait pris un livre avec lui. Il souhaitait me faire découvrir un jeune auteur qu'il sentait proche de mon univers, qui pourrait « co-écrire » avec moi. Il me tendit l'un des précédents livres dudit écrivain, mais avant même que je n'en voie la couverture ou qu'il ne me révèle son nom, je prononçai « Ariel Kenig ».

La surprise de Guillaume alla de pair avec ma joie.

Mais si Ariel acceptait le projet, je ne m'imaginais pas écrire sous son contrôle et encore moins le contraire. Le mieux était d'envisager le scénario, et non le film, comme point de départ à l'adaptation.

Un film ou un roman est une œuvre « aboutie » contrairement au scénario qui est l'exact opposé d'un « aboutissement » ; bon ou mauvais, il n'est qu'un outil dont s'empare l'imagination d'un acteur, d'un décorateur, d'un chef opérateur ou d'un directeur de casting. Le metteur en scène, lui aussi, est dans son « adaptation ». Surtout pas dans son « illustration ». À ce titre, le fameux adage de François Truffaut : « Tourner un film contre son scénario et le monter contre son tournage », prend tout son sens.

Après qu'Ariel, à ma grande joie, eut accepté le projet, je l'incitai à ne pas « respecter » le scénario. Si un scénario doit s'écrire avec la plus grande des rigueurs, cette rigueur a pour but d'en faire une base solide qui résiste à toutes les interprétations possibles.

Au début de l'écriture, Ariel et moi nous vîmes beaucoup. Il me questionnait sur cette décennie 80 qui lui était étrangère. Je lui fis une compilation de musique « New Wave », tellement symptomatique du « spleen » de l'époque qu'elle valait toutes mes tentatives d'explication ; compilation qui apparaît dans le roman : en exergue de chaque chapitre, vous découvrirez le couplet ou le refrain d'une chanson…

Quant aux autres sujets abordés, ils relevaient d'un aspect strictement personnel, ce scénario étant de tous mes scénarios le plus autobiographique. Tandis que j'écoutais ses questions, lui apportais des réponses, j'avais la certitude que ce travail était une façon pour Ariel de se rassurer dans le récit qu'il entreprenait. Ce roman était en lui, il n'avait pas besoin de mes mots. Ma contribution au roman *New Wave* s'arrêta là.

Ariel partit en écriture avec le scénario, la trace de nos échanges informels et une *play-list* des titres qui avaient rythmé ces années-là.

Je m'étais promis qu'en acceptant le projet, je n'empiéterais pas sur la liberté de l'écrivain. Ariel pouvait me faire lire ce qu'il voulait, me contacter dès qu'il aurait besoin de précision, mais chaque fois que je le voyais, c'était pour partager la joie de ses trouvailles. Ainsi, je devins observateur de ce travail qui me semblait impossible. J'en étais le témoin dans une mécanique inversée. Je m'amusais de découvrir, sans que nous nous soyons concertés, qu'une phrase comme « Éric fait du vélo » se transformait en un chapitre entier, de la même façon qu'elle avait donné lieu, dans mon film, à une longue scène.

Ariel s'accaparait le scénario.

La voix que j'avais entendue en lisant *Quitter la France* jouait peut-être sur l'une de mes partitions, mais sans rien changer de son timbre.

Après lecture du manuscrit, je persiste à croire qu'Ariel aurait pu écrire ce roman sans même avoir eu connaissance de mon travail. J'exagère, car cela sous-entendrait qu'il n'a pas pris en considération la base qu'était le scénario. Mais un scénario ne garantit rien : c'est une proposition. À celle-ci, Ariel a répondu en créant une œuvre singulière et personnelle aussi indépendante de mon film que ses précédents romans.

Il serait fort à parier que si demain, un scénariste adaptait ce roman, il obtiendrait un autre scénario que le mien, et évidemment, un tout autre film.

Gaël MOREL

*À Éric.*

# Premier trimestre

*Find the fathers of this world*
*Treat them as a fatal foe*
*Put them in the deepest hole*
*Then cover the pit with snow*

*Crown and a baby,* The Human League

# 1

La porte claqua comme un soulagement. Les murs et les ressorts de son matelas tremblaient encore, mais Éric avait eu le bon réflexe : il s'était esquivé juste à temps. Son corps ne garderait pas trace de la dispute. Dans sa chambre, la mort suspendait toute menace.

À l'autre bout de la maison, Michel, le père du jeune adolescent, se servit un dernier verre et reprit son jeu de cartes en main. Le calme réinvestit la demeure.

Tandis que son cœur ralentissait, Éric pensa qu'au pire, la colère de son père ne serait bientôt plus qu'un mauvais souvenir parmi d'autres, tout aussi cruels, quand Nathalie se libéra de ses draps.

— T'es folle ou quoi ? gronda Éric.

Le garçon ralluma sa lampe de chevet, ce qui rudoya les yeux clairs de la petite fille et la retint momentanément de se lever :

— Rendors-toi maintenant !

Nathalie ne protesta pas. Tout juste hésita-t-elle, après une minute de silence :

— Dis...

— Quoi ?

— Pourquoi tu dors habillé ? demanda Nathalie.

— Occupe-toi de tes affaires !

Éric éteignit la lumière, après quoi sa sœur se plaignit qu'on ne lui expliquait jamais rien et prétexta qu'elle n'avait pas lavé ses dents.

En vérité, elle souhaitait quitter cette chambre trop nerveuse pour qu'on y dorme.

Éric lui ordonna de ne pas bouger, de ne plus parler, de ne pas pleurer et peut-être, même, de ne plus respirer. C'est le meilleur moyen d'échapper aux loups, la prévint-il.

Puis, en dépit de la fatigue, il se déshabilla avec une lenteur inouïe afin d'occuper le temps qui le séparait du retour de son grand frère.

Avant de s'oublier dans le sommeil, Éric confierait à Fabrice sa peur du lendemain, rentrée des classes, et lui demanderait si, au même âge, lui aussi craignait leur père à s'en gâcher les nuits... Valait-il mieux s'enfuir ou s'enterrer ? Fabrice pensait-il qu'il existât de meilleures défenses que l'évitement ?

Certes, la fin des vacances marquait chaque fois le recommencement d'une routine à l'abri des débordements paternels, mais le départ de Fabrice pour sa caserne compliquait les hypothèses. Son aîné ne lui servirait plus d'appui. Éric n'avait qu'une certitude : l'emploi du temps qu'on lui remettrait le lendemain. Une simple feuille qui garantirait sa protection. Chaque heure au collège serait une heure éloignée de la peur.

Près de la cheminée, autour de la table, on avait oublié la dispute. Michel battait les cartes pendant que Joëlle, d'une ironie tendre, comptait les points en insinuant auprès de Fabrice que son mari trichait.

— Imagine un peu ce que ton père me fait vivre à l'année !

Épuisé par ce dimanche en famille, le gaillard se contenta de sourire. Il avertit ses parents qu'il jouait là sa dernière manche.

Lorsqu'il prit connaissance de sa nouvelle donne, Fabrice regretta son obstination. Pourquoi n'avait-il pas quitté la partie plus tôt ?

Il relâcha brusquement son attention, si bien que sa mère, pour une fois chanceuse au tirage, triompha sans gloire.

— Tu parles d'une récompense..., marmonna-t-elle en déchirant ses comptes avant d'étreindre longuement son fils aîné qu'elle ne reverrait pas de sitôt.

— Tu l'aimes, au moins, ta vieille mère ?

— Plus que ça. Il n'y a pas de mots.

— C'est que tu sais parler aux femmes ! ajouta Michel en rangeant les cartes dans leur paquet.

On plia la nappe et chacun partit se coucher.

Fabrice entra dans la salle de bains. Il se brossa les dents, se découvrit dans la glace un premier cheveu blanc, se rinça la bouche, vérifia que sa trousse de toilette était prête pour le lendemain et regagna sa chambre.

Le gaillard ouvrit avec précaution la porte, se déshabilla, s'appuya sur le cadre du lit et se hissa au-dessus d'Éric qui s'était endormi. À cette place, Fabrice préservait sa fratrie de cauchemars irréversibles.

*When you're looking at life*
*In a strange new room*
*Maybe drowning soon*
*Is this the start of it all ?*

*Exercise one*, Joy Division

# 2

Mlle Colinot n'avait qu'un an d'ancienneté, ce qui l'empêchait de briguer une mutation qu'on lui aurait nécessairement refusée. D'ailleurs, mieux valait qu'elle ne manifeste pas ses ambitions, toujours mal vues, et ne détruise la confiance que sa hiérarchie lui prêtait.

L'année précédente, elle s'était distinguée par ses initiatives pédagogiques auprès des élèves d'origine turque, et sa classe de 4e 5, réputée la plus chahuteuse, l'avait épargnée.

Au risque de renforcer les rumeurs qui leur prêtaient, à tort, une liaison, le principal du collège la nomma professeur principal des 3e 5. D'un commun accord, ils en avaient écarté Sophie Cramier, que l'on avait jugée trop fébrile depuis la mort de sa mère pour intégrer les rangs d'une classe aussi féroce, et Thomas Zorn, élève particulièrement brillant.

— Je t'avais dit, regretta Éric en consultant les listes. Avec tes « Félicitations » de l'année dernière, c'était sûr qu'on allait te foutre dans une meilleure classe.

— T'inquiète, le réconforta Thomas, on se retrouvera l'année prochaine.

— T'oublie le brevet…

— Voilà ! Ce sera l'occasion de réviser ensemble !

— Tu sais bien que c'est pas la même chose…, lui avoua Éric comme une défaite insurmontable.

Au loin, Mlle Colinot redécouvrait la subtilité des chagrins adolescents, mais, trop affairée à ses nouvelles charges, elle oblitéra son affectivité et traversa nerveusement la cour en ordonnant aux élèves de se répartir. Au sol, des lignes crayeuses rangeaient les sacs à dos et les affects. Un mur invisible qui entérinait aussi bien rivalités qu'espoirs d'amitié.

Un coup de sifflet enjoignit la première classe de monter en cours, un autre commanda la suivante, et ainsi de suite, jusqu'à la 3e 5 que le proviseur, sans surprise, sermonna par précaution.

— C'est une année sérieuse pour laquelle on a voulu mettre toutes les chances de votre côté. En échange, nous attendons le meilleur de vous. Je suis certain que vous en êtes capables.

En signe de protestation, Éric regardait en direction du gymnase. Lorsque le sifflet retentit, qu'il fallut avancer pour rejoindre la salle, il ignora le bonjour que Mlle Colinot adressait à chacun. Dorénavant, toutes les occasions présenteraient au plus triste des élèves l'opportunité de marquer sa désapprobation, à commencer par l'indécision de ses camarades qui offrit à

Éric la chance d'investir le dernier rang, aigre et seul.

— Silence, s'il vous plaît... Avant de faire l'appel, est-ce que le nouveau pourrait lever la main ?

Pendant que les têtes s'espionnaient, Mlle Colinot vitupéra contre la manie de certaines familles à transférer leurs enfants du privé au public, et inversement, ce qui présentait le double inconvénient de compliquer la répartition des élèves et de les priver d'un bon suivi.

— Non ? Pas de nouveau ?

— ...

— Bon. Je commence l'appel.

L'énumération des prénoms la rappelait à l'effort quotidien de retenir leur attention. Si ce n'est pas cet hiver, pensa-t-elle, je demanderai mon transfert l'hiver prochain. Le prétendu charme d'ici ne valait pas l'anonymat des grandes villes où l'on éprouvait, croyait-elle, le sentiment de travailler en échange d'une vie plus pleine, remplie de rencontres et de sorties.

Palpable, la méfiance des élèves envers un hypothétique camarade renvoyait Mlle Colinot à son impression d'étouffer, de telle sorte qu'elle l'accueillit, lorsqu'il se présenta enfin, aussi chaleureusement qu'un avis de mutation.

— Debout ! cria-t-elle.

N'était-ce pas lui accorder trop d'importance ? Se souvenait-on d'un pareil cas ? Les adultes n'étaient-ils pas les seuls à qui l'on réservait ce type d'égards ?

— Votre prénom ?

— Romain, dit le jeune homme sans prêter attention à la cérémonie.

— Romain Imbert ? vérifia Mlle Colinot.

— Je me mets où ?

Stupéfaits, les rangs s'émerveillaient de cette intrusion nonchalante, car celui qu'on avait imaginé ne se crêpait pas les cheveux, ne se maquillait pas les yeux, ne dépareillait pas les lacets de ses Converses, et d'aucune façon la classe n'aurait également pensé qu'un nouveau se serait si peu soucié des usages. Romain n'avait pas répondu à son nom.

— Vous me semblez bien pressé pour quelqu'un qui arrive en retard… Où étiez-vous ? Vous revenez d'un bal déguisé ?

— J'ai changé d'établissement pour pouvoir m'habiller comme je veux… C'est un collège public, ici, non ?

— Asseyez-vous au fond, abrégea-t-elle. Vous demanderez à votre camarade quelques conseils vestimentaires.

Mlle Colinot regretta aussitôt sa maladresse : des rires avaient éclaté aux dépens d'Éric dont personne n'enviait le style.

Maintenant que Romain s'approchait de lui, elle redoutait de les voir assis côte à côte. Leurs différences n'admettaient aucune entente, mais lorsque Romain tendit sa main en direction d'Éric, la classe s'égosilla, éblouie par l'élégance et l'aplomb de son inattendu leader.

De son côté, Éric avait cessé de rougir. Intérieurement, il remerciait cet allié qu'il n'espérait plus.

*Makes our life*
*Show up, show up,*
*This place I have inside me*
*I will learn to share*

*Ups,* Cocteau Twins

# 3

Malgré les apparences, Romain avait préparé sa rentrée. Les affaires qu'il installa sur le bureau qu'il partageait avec son camarade de fortune renseignaient quant à ses goûts ; depuis dix jours, il dédiait son stock de presse musicale à l'illustration de ses cahiers.

Sa mère Anna, complice, l'avait encouragé à profiter des libertés dont il ne jouissait pas dans le privé.

— L'essentiel, cette année, c'est que tu travailles sérieusement, lui avait-elle affirmé. Pour le reste, éclate-toi.

Ainsi, au nom de cet espoir, elle avait consacré la soirée précédant la rentrée à plastifier l'essentiel de son matériel préalablement décoré de photos découpées dans la presse.

— Tu vois un peu comment je m'occupe de toi ! avait-elle commenté.

— En même temps, tu feras pas ça toute ta vie..., avait plaisanté Romain.

— Ça !

— Mais grâce à moi, au moins, t'auras découvert les Cure !

— Je les connais pas d'aujourd'hui, je te signale !

— T'énerve pas ! Tout le monde sait que tu supportes pas de vieillir, An-na…

Sa mère avait éclaté de rire et traité son fiston de petit con, l'abandonnant le temps qu'il choisisse qui, de Sid Vicious ou des Clash, conviendrait le mieux à chaque matière, quand une poussée de fièvre s'empara de lui et le convainquit de s'en remettre au hasard, lorsque chaque cours débuterait.

En vertu de la chanson *She's lost control,* Mlle Colinot écopa d'un cahier Joy Division.

— Tu vois qui c'est ? demanda Romain à son voisin.

— Qui ça ? chuchota Éric.

— Lui ! lança fièrement Romain en pointant la couverture de son cahier.

— Je crois que je l'ai déjà vu.

— C'est Ian Curtis. Je te ferai écouter si tu veux.

Le novice accepta la proposition avec prudence ; leurs échanges à voix basse ne dataient pas assez pour qu'Éric alloue la totalité de sa confiance à ce nouveau mentor.

Qui plus est, Romain ne correspondait pas au style d'élève qu'il fréquentait en dehors du collège ; à côté de lui, un Thomas Zorn passait pour un coincé, un suceur, un premier de la classe. Mais qui suivre ? Alors qu'Éric avait définitivement renoncé à la mode, l'un de ses promoteurs se gardait de le mépriser. Romain ne lui avait pas seulement serré la main, il lui prêtait attention. Éric s'en réjouissait pour les nombreuses conséquences qu'entraînerait ce changement de statut, notamment auprès de ses camarades sur lesquels il gagnerait en autorité.

Toutefois, son excitation, encore inquiète et fragile, esclave d'une amitié précaire, devait davantage au sentiment de liberté que lui inspirait son voisin de table.

— T'as beaucoup de disques chez toi ? demanda Éric.

— Plein !

— C'est quoi le dernier que t'as acheté ?

— C'est mon frère qui me l'a ramené. The Smiths, tu connais ?

Face à son incompétence en la matière, Éric préféra s'avouer musicalement plus vaincu que le dernier des sourds. Il ne demandait qu'à s'instruire, ce qui lui garantissait, en termes de stratégie, le crédit que l'on réserve aux curieux.

— Tu sais, moi, faut qu'on m'apprenne..., prévint-il en craignant que Romain ne décline sa responsabilité pédagogique.

— Alors je te ferai écouter.

— OK !

Une seconde invitation confirmait la première. La concision de Romain était gage de fiabilité. Leur entente ne réclamait pas de séduction.

Mlle Colinot s'empara du cahier d'appel avec lequel elle frappa sur son bureau.

— Romain ? Qu'est-ce que je viens de dire ?

— « ... que le brevet ne se révise pas la veille... »

— Merci..., acquiesça non sans ressentiment l'enseignante. Pour autant, que cela ne vous autorise pas à parasiter votre camarade. Vous viendrez me voir à la fin du cours. Je reprends...

Il était trop tôt pour le confirmer, mais la riposte de Romain avait déterminé la classe à lui déléguer ses espoirs de rébellion tandis qu'Éric, par l'apostrophe de Mlle Colinot, jubilait de ce nouvel état de fait : en l'associant à son indiscipline, Romain l'avait adoubé.

— T'écoutais ? lui demanda Éric, trop dévoué à ses émotions pour imaginer qu'il suivît deux conversations.

— C'est l'oreille. Ça aussi, faudra que t'apprennes ! Ça se travaille...

Leur conversation secrète reprit jusqu'à la fin du cours pendant lequel Mlle Colinot détailla son rôle de *professeur*, son rôle de *professeur de français* et son rôle de *professeur de français principal*, insistant sur le dernier adjectif qui revêtait une importance *particulière* en cette année *particulière*, car elle conduisait *principalement* au brevet, *principal* diplôme que l'on délivrait aux *principaux* élèves qui, en *principe*, daignaient l'écouter.

Profitant de l'aubaine, Éric et Romain s'acquittèrent du récit de leur condition.

Émergeaient les points communs suivants : aucun de leurs parents n'était mort, tous deux avaient un frère, pour l'un nommé Fabrice pour l'autre Jérémy, mais tous deux regrettaient que leur aîné en question soit parti pour l'armée ; l'un s'y était engagé, l'autre y effectuait son service militaire. Les deux adolescents redoutaient que n'éclate un conflit planétaire qui les sépare de leur objet d'adoration, même si la guerre eût présenté l'avantage d'accélérer leur amitié naissante.

*Should I pursue a path so twisted ?*
*Should I crawl defeated and gifted ? […]*
*What about it, what about it, what about it ?*
*Oh, I'm pissing in a river.*

*Pissing in a river*, Patti Smith

# 4

— Éric et Nathalie, vous me donnez vos draps ?

Une trace qui ne s'efface pas n'est pas une trace. Le lit défait de Fabrice était donc une trace, une vraie, destinée à la disparition qu'orchestrait Joëlle.

C'était l'heure du grand nettoyage : on décrassait la maison d'un été en famille qui avait connu ses matins dans le poulailler, ses après-midi sur la terrasse et ses soirées devant la télévision. Rien d'extraordinaire. Pas de vacances à la mer trop lointaine, trop orageuse, trop chère.

En dernière semaine, le retour de Fabrice avait animé la ruine que les Fournier habitaient depuis trente ans. Nathalie réveillait le militaire à l'aube afin de se rendormir auprès de lui tandis qu'Éric l'accompagnait lors de ses virées en ville. Il regardait alors son frère conduire la voiture et l'enviait d'être beau, majeur, libre, d'avoir son permis et des amis pour picoler au café de la Place.

Fabrice, qui avait passé l'âge des rejets, sortait son petit frère avec fierté. Il lui présentait ses vieux copains qu'une différence d'âge, incompressible, empêchait néanmoins Éric de faire siens... C'était une erreur d'appréciation, sans doute, car aucun d'eux ne se serait opposé à le voir indépendamment de Fabrice, l'embarquer pour un tour en voiture ou l'accompagner au cinéma, d'autant que l'on suspectait les Fournier de confondre caresses et torgnoles.

On n'en parlait pas, Fabrice encore moins, Éric non plus, mais les rumeurs prêtaient de sombres histoires à Michel Fournier, et l'on s'étonnait souvent, dès qu'on le croisait en ville, qu'il travaillât encore à la mairie. Cette réputation construite sur l'étrange discrétion du bonhomme condamnait la famille à la solitude.

Du reste, Joëlle s'accommodait parfaitement de cet isolement ; c'était elle qui avait poussé Michel à l'achat de cette ferme abandonnée, en bord de nationale, loin de la ville et de ses mondanités. Elle ne parlait à personne, sinon Paul, collègue de son mari qui leur rendait occasionnellement visite pendant que Marie-Claude, sa femme, traînait ses enfants à l'église. Ces rencontres, tant imprévues qu'irrégulières, ressemblaient davantage à de l'inspection sournoise, mais Paul dissimulait si bien sa curiosité – et peut-être, au fond, sa bienveillance ou sa fascination pour l'horreur –, que Joëlle ne s'était jamais doutée de rien. Étonnamment, elle se montrait en ces moments bavarde, presque chaleureuse, comme de vieux restes de copinages qu'elle avait entretenus jeune fille.

La maîtresse de maison en oubliait le poulet dominical qui brûlait dans le four, l'heure passait vite, et Paul regagnait ses pénates après que Joëlle lui eut généralement confié, sur le pas de la porte, un mot pour Marie-Claude. Il s'agissait le plus souvent d'une recette ou d'une astuce ménagère qu'elle avait entendue à la radio ; grâce à cette attention, gratuite et régulière, Joëlle recevait un bouquet de fleurs à chaque anniversaire. Les deux femmes communiquaient ainsi, sans promenade ni longue lettre, mais Joëlle pensait que cette seule relation lui garantissait une image de mère aimante auprès de la ville entière.

— Vos draps ! cria-t-elle alors qu'Éric défaisait les lits.

— J'arrive ! hurla-t-il, peu aidé par Nathalie qui préférait la chevelure de sa poupée aux activités domestiques.

Éric traversa le couloir et le salon, les bras chargés de ce vieux linge troué, rêche et sale qu'il aurait préféré jeter.

Il se rappela le jour, à la naissance de sa petite sœur, où il fallut acheter un lit superposé et déterminer lequel des garçons dormirait en haut, quand leur père trancha en faveur de Fabrice, invoquant la propreté incertaine, sinon tardive, du benjamin.

— Tiens !

Dans le garage, Éric posa sa boule de linge sur le billot à décapiter les poules du jardin.

— Alors, cette première journée ? demanda Joëlle.

— Pas grand-chose. J'ai Mlle Colinot. Pareil que l'année dernière sauf qu'elle est prof principal, maintenant.

— Tu t'entendais plutôt bien avec elle…

— Ça va…, éluda-t-il.

— Et le petit Thomas ? Toujours avec toi ?

— Qui ça ? demanda-t-il pour retarder sa réponse, comme s'il n'avait pas bien entendu.

— Thomas !

— Ah ! s'exclama-t-il en cherchant quel mensonge inventer.

Pour sûr, la vérité provoquerait un drame.

— Vous êtes fâchés ?

— Du tout. Mais il a redoublé...

— Thomas ? s'étonna-t-elle, sûre que le Zorn en question obtenait d'excellents résultats.

— Oui, Tho-mas ! répéta-t-il pour se venger de l'inquisition de sa mère et de ces années d'amitié qui lui avaient moins rapporté en termes de popularité, de connaissance et de liberté qu'une seule journée aux côtés de Romain.

— Comment c'est possible ?

Le mensonge prenait forme. Éric devait en parfaire les contours.

— C'est l'année dernière... Il a décroché.

— Ce ne serait pas à cause de toi par hasard ?

Joëlle bourrait sans succès le tambour de sa machine avec les poings. Elle s'énerva puis se rendit à l'évidence : une seconde lessive serait nécessaire.

— Comment ça ? demanda Éric le plus innocemment possible.

— Écoute, fit Joëlle les nerfs en pelote, tu ne vas quand même pas m'expliquer que tu n'y es pour rien ! À ce que je sache, ce n'est pas moi qui passe ma vie avec lui !

— J'ai jamais passé ma vie...

— Et les vendredis après-midi ! Et les dimanches ! Et tous les soirs, quand vous traînez à la sortie ! s'énerva-t-elle. Tu crois pas que ça empiète sur son temps de travail ?

— Comme si c'était ma faute…

— C'est jamais la faute à personne ! À ta place, j'irais m'excuser. On t'a pas élevé comme ça ! D'ailleurs tu ferais mieux de t'excuser *d'abord* auprès de ton père parce qu'elle est sympa, la réputation que tu nous fais. Qu'est-ce que ses parents vont penser de nous ?

Éric n'avait pas évalué les risques de son mensonge. Certes, ils équivalaient certainement ceux de la vérité (sa mère l'aurait blâmé de ne pas avoir suivi l'exemple de Thomas, le si bel exemple), mais la vérité qu'on révélait, à long terme, nécessitait moins d'entretien ; même si les Fournier ne s'y rendaient jamais, les réunions de parents d'élèves, par exemple, ne seraient plus à négliger.

Joëlle appuya sur le bouton « marche » comme on fait diversion. Éric tressauta derrière elle et pensa, finalement, qu'il valait mieux regagner sa chambre. À ce point de non-retour, fuir n'était plus un acte de lâcheté, seulement une façon comme une autre de s'accorder le temps de comprendre les mécanismes qui expliquaient que l'on devienne si facilement sa propre victime.

— T'es sûr que t'oublies rien ? apostropha Joëlle en désignant du menton une pile de draps propres et repassés.

Éric s'en empara et pénétra sa chambre, pétrifié par l'imminence du dîner où se déciderait le sort de son mensonge. Il était néanmoins peu probable que Joëlle couvre son fils auprès de son mari dont elle veillait à la dureté – seul moyen, se vantait-elle, d'éduquer convenablement trois enfants.

Ses parents auraient-ils été moins durs si Nathalie n'était pas née ? En dépliant les draps, Éric se demanda si l'on pouvait se réjouir d'une naissance qui avait empoisonné leur douceur, ou si ne se logeait pas dans leur acharnement à enfanter, bien qu'il ne connût pas le terme, un certain *masochisme*. Mais dans ce cas, ce n'était incontestablement pas à lui qu'il fallait s'en prendre.

— T'as bien de la chance que je te supporte, soupira-t-il à l'adresse de Nathalie qui peignait sa poupée jusqu'à la calvitie.

— Qu'est-ce que tu dis ?

— Que tu me fais chier.

Nathalie pleura sur le coup, puisa dans ses dernières forces et visa la tête d'Éric. La poupée traversa la chambre et manqua sa cible. Sa tête cogna contre le mur.

— C'est malin ! jugea Éric en lui restituant son projectile.

Nathalie répéta infructueusement son attaque.

— Même pas mal ! ironisa Éric qui lui rendit à nouveau son jouet.

Nathalie se concentra une dernière fois, tendant son bras derrière elle, le plus loin possible.

— Allez ! Dernier essai ! lança Éric. Tu finiras bien par m'avoir !

Cet excès de zèle découragea la petite. Elle quitta la chambre et, les pieds rentrés, bouda dans le couloir. Sans rancune, Éric veilla à ce que le lit de sa sœur soit parfaitement bordé, puis rappela Nathalie afin qu'elle constate le sommeil qu'il lui avait préparé.

— T'as vu ? Comme ça tu feras de beaux rêves.

— ...

Tête baissée, Nathalie s'assit sur son lit et reprit son atelier coiffure ; sa poupée en avait désormais besoin.

— La prochaine fois, conclut Éric, tu diras à tes parents que ton frère mérite une bonne punition.

*I've nothing to loose, nothing to gain*
*I'll kiss you in the rain*
*Kiss you in the rain*
*Kiss you in the rain*
*In the rain*
*Get me to the doctor*

*Blackout*, David Bowie

# 5

— *I'll kiss you in the rain...*, fredonnait Jérémy, hilare, au creux de l'oreille de son frère qui peinait à se lever.

— Hein ? geignit Romain tout engourdi de sa nuit chaotique.

— Ça veut dire que je t'embrasserai sous la pluie. C'est comme ça que je réveille les filles qui dorment dans mon lit.

— Genre !

— T'as qu'à essayer. Tu verras ce qu'elles te répondent.

Romain supportait mal qu'on le taquine à ce sujet.

Contrairement à Éric, il avait déjà couché avec une fille, mais les Imbert avaient ricané de l'épisode – qui s'était su. L'intérêt appuyé que la famille manifestait pour la sexualité de son petit dernier le révulsait.

— C'est pas en restant au lit que tu trouveras une fille..., enchaîna Jérémy qui feuilletait un vieux magazine.

Romain se leva et découvrit à ses pieds des vêtements que sa mère avait pris soin de repasser.

— Tu lui as dit que j'avais dormi avec toi ?

— Elle s'en est rendue compte toute seule.

— Et alors... ?

— Rien de spécial. Je lui ai juste raconté.

Ce n'était ni la première, ni la dernière fois, semblait-il, qu'ils partageaient leur sommeil. Depuis que Jérémy était parti pour l'armée, les garçons avaient échangé leurs chambres. Romain occupait dorénavant la plus grande, mais, lorsqu'il souffrait, l'adolescent rapatriait sa fièvre dans le lit de son frère comme on plonge sa grippe dans un bain chaud.

— Tu vas être en retard ! s'écria Anna, depuis l'autre bout de l'appartement.

— Tu lis quoi Jérème ? demanda Romain qui faisait semblant de ne rien entendre.

Son frère lui montra la photo de Robert Smith en couverture de *Rock & Folk*.

— Je veux bien te le laisser mais seulement si tu te dépêches...

Romain se présenta dans la cuisine l'air suffisamment malheureux pour que sa mère lui beurre ses tartines.

— Je crois que j'ai de la fièvre...

En s'asseyant, Romain remarqua une flopée de médicaments à côté de sa chicorée.

— Ton frère m'a dit. Je t'ai mis deux aspirines, une vitamine C et des plantes... Avec ça !

Habitué à ce qu'elle soigne efficacement la famille, Romain avala ses cachets sans regimber.

— Mais si tu te sens vraiment mal, tu sais que tu peux rester à la maison.

En mâchant le pain de son petit déjeuner, il pensa aux avantages d'une journée libre, aux morceaux qu'il travaillerait dans sa chambre, sur son synthétiseur, ou à la sieste qu'il envisageait déjà, en début d'après-midi, feuilletant ses fanzines jusqu'à ce qu'il se fatigue les yeux et s'endorme. Mais Anna ne le proposa qu'une fois, et d'une voix incertaine ; quant à son état, il demeurait supportable. La dernière réflexion qu'il se fit avant de renoncer à toute quarantaine fut qu'il valait mieux rester chez soi lorsqu'on était bien portant. On en profitait davantage.

Parce qu'elle jugeait sa présence impérative, Anna s'attabla et but face à Romain, l'œil compatissant, son troisième café du jour.

Dans le silence de la cuisine, tous deux semblaient s'aimer plus fort qu'ailleurs, ailleurs où l'on s'aimait sans se plaire, par défaut ou convention, dans les appartements trop aérés pour que les joies s'y logent, les chambres et les salons trop propres où l'obséquiosité dégage un air haineux, dans les maisons pâles, névrotiquement astiquées, hospices d'une bourgeoisie sans charme et bien portante.

Parfois, Anna et Romain envisageaient la fin de leur complicité, s'avouaient inquiets, notamment à propos du cordon qu'il faudrait couper (ce qu'un adolescent ne ressent ou n'exprime que rarement), et leur fusion vieillissait sans mourir, au grand jour, prétexte à quelques réflexions entre Jean-Marc et Jérémy qui prévoyaient un avenir homosexuel à celui qui ne quittait pas les jupons de sa mère. Les deux hommes reconnaissaient volontiers la légèreté de ces hypothèses et concluaient chaque fois leur discussion par un avis finalement positif sur cet amour : tant de familles se détestaient qu'un trop-plein de sentiments entre une mère et son fils était appréciable, presque souhaitable, d'autant plus que l'on savait Romain, quoique physiquement chétif, épanoui dans une époque qu'il avait adoptée au point qu'on lui prédisait un avenir d'exception, hors des schémas provinciaux où la respectabilité se gagne exclusivement dans la vente, la médecine ou l'enseignement.

Romain abandonna son bol quand le beurre des tartines qu'il y trempait eut trop graissé son reste de chicorée.

— J'appellerai le médecin tout à l'heure, annonça Anna. C'est le genre de choses qu'il faut pas laisser traîner.

— Dans deux jours c'est fini, déclara son fils.

— On en profitera pour lui demander des analyses. Les dernières commencent à dater, justifia sa mère.

Romain se traîna jusqu'à la salle de bains où la radio annonçait un hiver prématuré. Sous la douche, il décida de ne pas laver ses cheveux ; il n'aurait pas le temps de les sécher et, ravivé par un peu d'eau, le gel d'hier suffirait à les coiffer comme il faut.

Par rapport aux autres garçons de son âge, Romain se savait à la pointe en termes de look mais il ne tenait pas encore la comparaison avec ses idoles qui possédaient chacun leur plus, leur manière inimitable d'exister, leur douleur singulière, un génie que l'école empêchait d'explorer.

Tandis qu'il hésitait, tout en préparant son sac, à destiner son cahier des Clash aux mathématiques, il se réjouit que l'on piquât bientôt l'une de ses veines, que la science étudiât son sang jusqu'à la plus petite cellule où se nichait ce qu'aucun laboratoire ne relèverait jamais : l'effrayante ambition qui le conduirait à l'image totale, parfaite, inamovible d'un martyr, d'un insurgé, d'un roi, sans qu'aucun homme ne contrarie son dessein car l'énergie qu'allouait Romain à la réalisation de ce fantasme romantique interdisait son père de le comprendre. Satisfait par la solidité morale de son premier garçon, aucun conflit n'opposait pour autant Jean-Marc à son dernier. C'était l'avantage d'un antagonisme radical : il imposait un respect élémentaire, une distance quasiment indifférente, et les sujets généralement sensibles, comme l'argent, n'interféraient pas dans leur relation.

Vraisemblablement veule, Jean-Marc considérait l'existence de son fils comme un endroit incertain, une zone libre, le lieu d'une tentative qui, pour quelqu'un dont la vie ne se nourrissait que d'automatismes, valait sinon la peine, du moins le coup. Qu'Anna cessât de travailler, que Jérémy n'eût pas d'amours stables ou que Romain se dévouât à la musique participaient de ces écarts qu'il admettait depuis qu'une situation confortable le vengeait de ses vieux souvenirs de précarité.

— T'oublieras pas de souhaiter un bon anniversaire à ton père quand tu rentres déjeuner, rappela Anna pendant que Romain attendait l'ascenseur sur le palier.

— C'est aujourd'hui ? s'exclama-t-il, comme pris en faute.

— T'es vraiment un sale gosse !

Dans l'encablure de la porte, Jérémy apparut derrière Anna et retint le regard de Romain.

— T'oublies quelque chose ! prévint-il en jetant le numéro de *Rock & Folk* que Romain attrapa en vol. Ça t'évitera de te faire chier en cours !

Anna ne parvint pas à sévir et se contenta de protéger son fils adoré contre une aggravation de son état de santé.

— Tu fermes bien ton blouson, hein ?

Le collégien se moqua de son acharnement à le couver, puis l'ascenseur ouvrit ses portes et le conduisit dans le froid de cette ville qui ne lui ressemblait pas.

— Je te jure, vous me tuerez aux antidépresseurs, dit Anna en débarrassant la table à manger.

— T'as qu'à te tuer toute seule ! rigola Jérémy maintenant qu'ils étaient seuls.

— Sur deux gosses, y'en a pas un pour rattraper l'autre..., ajouta-t-elle, presque amusée par les largesses de langage que ses enfants se permettaient.

— Si seulement tu nous aimais moins, peut-être que tu te ferais moins souffrir.

Les mains dans l'évier, elle reconnut l'énormité du temps qu'elle consacrait, aveugle, à ce que d'autres mères appelaient « effort », mais qui ne représentait à ses yeux qu'un moyen de prouver la totalité de son amour, de résister à l'ennui ainsi qu'à la déchéance qu'implique dans de nombreux cas l'inactivité, ou encore de prolonger cette jeunesse qui ne lui appartenait plus, cet heureux sentiment d'une maternité pleine que l'ambition de Romain, forcément, blesserait un jour.

*I've given everything*
*With nothing in return*

*It's so serious,* Talk Talk

# 6

Thomas habitait plus loin que tout le monde. Comme chaque matin, il s'assit au fond du bus et réserva une place pour Éric. Son ami habitait à trois arrêts, ce qui laissait au petit Zorn le temps de se faire un avis sur son humeur du jour, de commenter intérieurement l'influence de la météo sur son comportement et d'élaborer de nouvelles stratégies afin d'occulter sa réussite scolaire. Cette deuxième journée d'école réaffirmait pourtant sa difficulté à reprendre le rythme ordinaire des cours.

Ponctuel, Éric monta dans le car, salua le chauffeur et s'avança vers le fond. Les habitudes reprenaient : après lui avoir dit bonjour, Thomas lui demanda de ses nouvelles. Selon Éric, elles étaient « Sans plus », ce qui ne manqua pas de surprendre son ami qui, d'ordinaire, entendait Éric alterner les « Ça va » des grands jours avec les « Moyen » des plus petits. « Sans plus », cela signifiait peut-être qu'il lui manquait quelque chose, quelqu'un, et Thomas interpréta cette réponse comme l'aveu d'une tristesse relative à

Fabrice qu'il savait reparti pour sa caserne. Il n'insista pas.

Alors que le collège approchait, Thomas épiloguait sur les camarades de sa nouvelle classe. À l'entendre, elle comportait beaucoup de cons, mais Éric, plus impatient de retrouver Romain que d'en apprendre sur la composition de l'élite, suspectait Thomas d'exagérer les torts de ses nouveaux compères comme une façon de le consoler, de lui signifier maladroitement, compatissant, qu'en dépit de leur séparation, Éric garderait sa place de meilleur ami, de confident. Pour cette attitude qu'il jugeait malhonnête, racoleuse, Éric souhaitait que Thomas rate son année, qu'il redouble, que le réel se plie à son mensonge, quand le chauffeur freina, ouvrit les portes et invita les élèves à descendre.

Sur le trottoir, les amitiés mouraient ainsi : d'autres les remplaçaient. À qui chacun parlait-il ? Quels nouveaux copinages se dessinaient ? Qui faisait-on semblant d'ignorer ? Thomas guettait Éric. Éric guettait Romain. Romain n'arrivait pas.

Les visages se perdaient dans les couloirs. La cloche sonna. La tension du collège avait redoublé ; le deuxième jour était le premier qui comptait vraiment.

La seconde sonnerie retentit et sépara ce qu'il restait d'amitié entre les deux garçons. Les rangs se formèrent sur le vieux parquet et Mlle Colinot fit entrer la classe d'Éric. Romain se pointa in extremis. Dernier entré, on lui conseilla le premier rang comme une nouvelle chance d'intégrer le droit chemin.

— Un chemin de croix, oui ! protesta-t-il avant de s'asseoir, essoufflé, à la place indiquée.

Du fond de la classe, Éric n'entendit pas la remarque mais comprit qu'un litige, pour l'heure, les empêcherait de se retrouver. Une crasse de plus dont il tiendrait encore une fois Mlle Colinot pour responsable.

Après l'appel, le cours débuta sans que Romain fasse signe à son camarade du fond. Pas de regard, pas un mot, si bien qu'Éric se sentit à la fois déçu et bouleversé qu'il soit si laborieux de nouer des liens au sein d'un collège pour qu'une autorité, en définitive, les malmène à son gré. Il devait exister un autre moyen de vivre, plus à l'écart ou plus léger. Au travers de son apparente décontraction, Romain témoignait de cette possibilité-là. Mlle Colinot remarqua le magazine qu'il lisait sur ses genoux mais, déjà lassée de lui faire la morale, elle n'eut pas le courage de relever son insolence. Il se tenait silencieux ; c'était un progrès. Elle se chargerait de son cas plus tard. La discipline gaspillait du temps : il fallait appeler les parents, convenir d'un rendez-vous et déterminer avec eux une stratégie de réussite. Tout le boulot dont l'école privée se dispense, quand la famille paye et que les résultats suivent. Néanmoins, elle s'enorgueillissait de ce dévouement et les enfants comme Romain permettaient de recueillir de bonnes appréciations ; sans mauvais élèves, pas de bons professeurs...

Éric dirigeait ses certitudes au bon endroit. C'est pourquoi Mlle Colinot le craignait plus qu'un autre, plus que Romain. Les deux élèves rivalisaient en sensibilité, mais Éric, qu'elle connaissait mieux, absorbait le monde plutôt qu'il ne le contemplait. Trop alerte pour ne rien voir, trop émotif pour ne rien penser, il cachait une réceptivité dangereuse qui le distinguait des faibles, aux accusations misérables, et des sans-cœur pareils à ceux qui ne voyaient en Romain qu'un insolent, un perturbateur qu'il fallait tantôt condamner, comme l'aurait fait Thomas, tantôt acclamer pour le spectacle qu'il offrait. Dans les deux cas, son caractère exacerbait les vanités. Éric, lui, demeurait convaincu d'avoir adopté l'attitude adéquate, faussement passive, à toute obtention de sincérité. Certes, il lui avait accordé confiance, certainement trop pleinement, trop vite, mais peut-on regretter de s'ouvrir ainsi lorsque l'on souffre d'un monde étriqué ?

La ville s'organisait comme une famille qu'Éric supposait sienne sans toutefois la revendiquer. Elle ne lui inspirait qu'un petit confort quand il se promenait le samedi sur les trottoirs de son artère principale. On y croisait ceux que l'on « connaît sans connaître », ces gens dont on ne « connaît » que le visage aux traits ni surprenants ni tout à fait habituels qui jamais n'intègrent les souvenirs, mais une mémoire de surface qui permet, lorsque le regard les intercepte, d'éprouver la douceur des choses faciles, sues, déjà repérées quoique de profondeur incertaine, comme installées à la frontière de ce qui nous sépare du danger. Dans les rues, les badauds n'étaient que des voisins à qui l'on ne prêtait quotidiennement aucun égard, mais dont on s'émouvait du décès quand une quelconque « connaissance », à renfort de détails physiques ou vestimentaires, en ressuscitait un. À cette occasion, les têtes que l'on avait définitivement « connues » soit plus jeunes, soit plus âgées que soi, reprenaient de leur épaisseur. On découvrait l'envers de ceux que les années passées à ne les côtoyer qu'indifféremment avaient condamnés à la seule impression de déjà-vu. Le cimetière entassait ainsi nombre de célébrités posthumes qui n'avaient joui de leur vivant que d'un anonymat de bon augure, conforme à ce qu'une paisible ville escompte ; pas d'éclat, pas de cas d'exception. Et si l'on dénombrait plus de cinémas qu'en des villes d'importance comparable, ce n'était qu'un hasard ou, seule autre hypothèse, la confirmation qu'entre ces rues, on préférait regarder qu'être vu. Contraint par la norme, sans brio scolaire ni talent artistique pour l'emmener plus loin que son pays, Éric n'envisageait rien, pas plus de *statu quo* que de fuite. Les prochaines années se décideraient d'elles-mêmes, de la même façon que le sort lui présentait en cette rentrée un nouveau camarade, un nouvel abri sous lequel prendre place.

À la sonnerie, Mlle Colinot força la voix afin de retenir l'attention de ses élèves et leur donna les dates des premiers devoirs sur table. Le travail commençait dès à présent. Suite à cet ordre, elle réquisitionna Romain qui resta donc assis pendant que les autres se levaient. Il attendit que la classe se vide et que l'on vînt à lui.

Muni de son sac, Éric s'approcha de son camarade l'œil inquiet. Il obliqua silencieusement vers la sortie de peur que Mlle Colinot n'amalgamât le comportement des compères, et ferma la porte le regard bas, délicatement, emprisonnant à contrecœur celui qui ne ressemblait à personne, celui dont la différence tranchait sur l'ennui, celui dont il ne souhaitait que le bien.

*I don't have to prove… that I am creative !*
*I dont'have to prove… that I am creative !*

*Artists only*, Talking Heads

# 7

Dans le couloir, Éric s'arma d'une patience inutile ; l'entretien ne dura pas.

— On se vengera, prévint Romain en sortant. Tu viens ?

Éric regarda une dernière fois la classe à travers la porte vitrée. Mlle Colinot, apparemment calme, fumait une cigarette à la fenêtre tandis que Romain, en avance de trois mètres, s'impatientait de prendre l'air. Éric le rattrapa. Ils descendirent l'escalier côte à côte.

— Alors, ton frère ? demanda Éric.

— Il part demain.

— J'aurais bien aimé le voir.

— Pourquoi ? Le tien te suffit pas ? attaqua Romain.

— Je disais ça comme ça, se défendit Éric. C'était juste pour voir si tu lui ressemblais… S'il était sympa…

— « Sympa » ?

— Oui…, acquiesça mollement Éric qui craignait avoir qualifié d'un mot trop léger la personne que Romain vénérait.

— Mon frère n'est pas « sympa ». Ça sert à rien, les gens sympas. Tu crois franchement qu'ils font quelque chose de leur vie, les gens « sympas » ?

— …

— À part ça, tu connais un endroit « sympa » pour fumer ?

Pressé de racheter son indélicatesse, Éric avança deux possibilités : de mémoire, on fumait soit dans les toilettes du troisième (établies au deuxième étage, le surveillant général n'y montait presque jamais), soit dans la cour, caché derrière un arbre, mais l'option ne valait qu'en hiver, quand la fumée se confondait avec le souffle. Aussi intéressé par l'exploration du bâtiment qu'intrigué par les méthodes disciplinaires qu'on pratiquait dans ce collège, Romain trancha en faveur de la cour.

Jetés au milieu des élèves, ils traversèrent une discussion générale où les récits de vacances s'entremêlaient aux impressions de rentrée. Éric se réjouit d'échapper aux commentaires de ses camarades dont l'effet de groupe forçait insidieusement chaque participant au débat. Solitaire, Romain ne prêtait pas attention à cette épreuve tandis qu'Éric s'appuyait sur l'assurance de son camarade pour faire bande à part. Ils se réfugièrent derrière un tilleul qui jaunissait déjà.

Romain sortit un paquet de sa poche et proposa une cigarette à son acolyte qui, sans surprise, déclina l'offre.

— Tu vois, embraya Romain en allumant sa clope, le truc c'est de te fier au rythme. C'est lui qui te prépare au morceau. Pour écouter, tu dois te débloquer de l'intérieur pour que la musique et ton cœur battent en même temps. C'est le rythme qui dicte. Après, tu verras, quand la voix arrive, t'auras même plus l'impression d'entendre quelqu'un. C'est comme si c'était toi qui chantais.

— Mais tu chantes, toi ?

Pour Éric, la question était naturelle mais il se surprit à gêner Romain.

— Vite fait.

— Et tu joues d'un instrument ?

— Je compose un peu, tenta de conclure Romain tant il lui semblait évident qu'Éric comprendrait par là que, s'il chantait, c'était pour les besoins de ses morceaux (et non pour satisfaire cette passion crâneuse de simplement chanter) et que s'il jouait, c'était encore une fois par nécessité ; aucun autre moyen ne permettait de retranscrire sa mélodie intérieure dont il était possible, contrairement à la simple pratique d'un instrument, de se dédouaner. De cette façon, Romain préparait l'invitation d'Éric qui, devant le synthé de sa chambre, lui demanderait vraisemblablement de jouer. Il anticipait les remarques qu'un public extérieur à sa famille s'autoriserait sans doute, comme quoi sa voix n'était peut-être pas aussi belle que Jérémy le prétendait ou ses chansons aussi poignantes qu'Anna le pensait.

Éric n'était pas un public déjà conquis. Il n'y connaissait pas grand-chose, mais, d'après les interviews que lisait Romain, le public le moins averti n'était pas le pire. La candeur des débutants pointait parfois les défauts que les spectateurs impatients de retrouver leurs habitudes ne relèvent pas.

— Alors ça veut dire que tu chantes et que tu joues en même temps ! s'émerveilla Éric.

— C'est pas le plus dur, minimisa Romain.

— Pour toi c'est quoi le plus dur ?

Romain essaya de partager avec Éric le rire qui masquait sa gêne.

— Peut-être d'écrire des paroles pas trop connes...

Le plus dur était inexplicable, perpétuellement provisoire, et le plus souvent réduit à l'intrication d'impératifs concrets auxquels la musique le soumettait et d'incertitudes inhérentes à la création. Que manque-t-il à l'écoute ? Quelle énergie fait défaut ? Un autre instrument est-il primordial ? Si oui, qu'ajoute-t-il ? Quelle note résonne avec quelle idée ? Comment les mots s'enchaînent-ils ? Qu'ajoute un nouveau morceau à ceux qui préexistent ? Qu'énonce-t-il que les autres n'ont pas révélé ? Quelle part du cœur mérite d'être entendue ?

Pendant que Mlle Colinot enchaînait les cigarettes à sa fenêtre, Romain fumait la sienne avec une telle décontraction que personne ne vint le déranger. Excepté les quelques remontrances de son professeur principal, qu'il considérait d'usage et qui ne l'étonnaient donc guère, il trouvait dans ce collège la paix qui lui manquait jusqu'alors dans le privé, où les filles et fils de bonne famille appliquaient le règlement dans une course à l'obéissance... D'ailleurs, Éric restait fréquemment dégoûté par le considérable avantage dont bénéficiaient, le long de ce parcours qui menait à l'abstinence, les individus les plus creux. Intégrer la discipline ne requérait pas d'intelligence supérieure. Les abrutis excellaient à l'exercice, et ses camarades a priori les plus débrouillards, pour peu qu'ils aient cédé temporairement aux ordres, s'étaient eux-mêmes piégés, un à un, galvanisés par les compliments que leur comportement antérieur interdisait. Ses trois premières années de collège avaient chaque fois commencé dans l'excitation de protéger les nouvelles têtes, et dans l'espoir d'amitiés pures, résistantes à l'autorité, aux effets de groupe, mais les déceptions se répétaient. Les qualités des uns se dissolvaient dans le principal défaut de la masse : faire masse. C'est-à-dire amasser, indifférencier, assommer. Tout le contraire de Romain, quand sa musique était là pour épanouir, s'épandre, se faire écho d'une singularité.

— Elles parlent de quoi tes chansons ?

Romain voulait répondre qu'elles ne parlaient de rien en particulier. Qu'il les écrivait en veillant à ce que les mots sonnent bien, voilà tout. Cependant, parce qu'il expliquait pour la première fois sa passion, il n'imaginait pas, à raison, contenter les curieux par l'aveu d'un mystère.

— Je sais pas... J'écris ce qui me passe par la tête au moment où je m'y mets... Et puis la musique aide beaucoup... Quand tu fermes les yeux, elle t'évoque des trucs que t'as pas forcément vécus, mais qui te viennent, comme des images.

— Comme un rêve, quoi.

— Voilà. Sauf que tu te laisses pas faire. T'as le pouvoir que t'as pas dans la vie. En même temps, une fois que ta chanson existe, elle provoque des réactions. Elle donne la pêche, elle rappelle un moment, elle console. Elle a le pouvoir à son tour.

— Le pouvoir..., répéta Éric à mi-voix comme s'il déchiffrait, tendant l'oreille, un mot que sa mémoire quoique jeune n'avait pas investi.

Des natures sont ainsi faites ; le pouvoir, c'était sur lui qu'on l'exerçait.

Toutefois, lorsqu'il fallut remonter en classe, le rapport faillit pour une fois s'inverser quand Romain, seigneurial, invita Éric à déjeuner chez lui.

— Ça te dit ?

Déclaré demi-pensionnaire auprès de l'administration, Éric tergiversa.

— Je mange à la cantine..., confessa-t-il.

— Et ? ponctua Romain brusquement.

Éric craignait qu'on ne lui interdise de sortir quand son hôte fut pris d'une quinte de toux, comme un signe de tristesse, à l'instar de ces aïeux qui se portent malades dès qu'on leur décommande une visite. Les deux garçons se connaissaient encore peu ; pendant que Romain toussait, Éric s'en voulut d'attrister si gravement celui qui, d'après ses dires, recevait peu chez lui, privilégiant la solitude aux amitiés courantes et leurs usages. Alors, se ravisant brusquement d'un raisonnement aux confins de l'orgueil, Éric accepta l'invitation. On le savait demi-pensionnaire, mais les cartes d'externes ne leur avaient pas encore été distribuées.

— C'est compliqué mais c'est OK, je vais m'arranger.

Stoppant momentanément son ascension, Romain reprit sa respiration, puis les deux garçons regagnèrent leur classe. Trop impressionné pour y croire, Éric écarta toute relation de cause à effet entre l'invitation qu'il acceptait et cette toux qui cessa.

Après tout, Romain n'était qu'un fumeur dans un escalier.

*Because the friendship that you gave*
*Has taught me to be brave [...]*
*I just close my eyes, I close my eyes*

*Together in electric dreams*, The Human League

# 8

L'ascenseur conduisit les deux collégiens au dernier étage.

Quand Anna et Jean-Marc prospectèrent le centre-ville, ils dirigèrent leur attention sur les immeubles de construction récente. Jusqu'alors, ils avaient habité en périphérie d'une métropole où le soleil, chaque soir, se couchait sans que personne n'y prête attention sauf Jean-Marc. Anna, elle, s'ennuyait à son travail au point d'obtenir de longs arrêts maladie auprès de son amant, médecin, avec qui elle entretenait une liaison plus laconique qu'à même d'abattre la bonne tenue de son mariage. Ainsi, régulièrement exemptée d'activité, Anna « profitait de sa maison », c'est-à-dire qu'elle errait d'une pièce à l'autre, repeignait un mur, se prélassait dans son jardin ou bien utilisait les fonctions les plus pointues de son équipement de cuisine, notamment lorsqu'elle réservait sa matinée à la préparation du déjeuner. Ses fils rentraient, puis, quand Jérémy fut admis à l'université, il ne réapparut plus que le soir, en même temps que son père.

Les deux hommes accordaient leurs emplois du temps pour optimiser l'usage de la voiture et retarder l'achat d'un second véhicule. Ils s'accompagnaient l'un l'autre, mais, quand bien même les bouchons les forçaient à plus d'éloquence, leurs discussions se limitaient à la redite de ce que l'on évoquait en présence d'Anna et Romain. On ne pouvait donc conclure que ce temps partagé les soudait particulièrement. On ne pouvait non plus convenir qu'il s'agissait là de pudeur, car, au fond, leur amour demeurait insignifiant et conditionné par celui qu'Anna leur portait respectivement. En dehors d'elle, leur relation n'existait pas.

Au volant, quand le temps s'y prêtait, Jean-Marc engageait une course enfantine contre la nuit. Dès septembre, le soleil déclinait trop tôt pour qu'il assiste à son coucher depuis le jardin de la maison. En accélérant, il lui était encore possible, quelques jours durant, d'accrocher quelques rayons faiblissant, mais les défaites augmentaient leur fréquence jusqu'à générer l'automne. Il s'en affectait. Il pestait contre ces trajets interminables.

Un jour de froid électrique, alors que Jérémy dormait chez un ami en ville, Jean-Marc rangea la voiture dans le garage, frotta les pieds sur le paillasson, sonna comme à son habitude, trois coups, puis, de la même façon qu'un soldat témoigne de sa lassitude des combats, il déclara à sa femme, sur le pas de la porte, qu'ils déménageraient. D'un courage trop douteux pour s'engager elle-même, elle se réfugia sur-le-champ derrière le projet de son mari et récapitula tout un week-end, à haute voix, ce qu'elle savait de ses aversions à lui et des modalités qui feraient de Jean-Marc un homme heureux. Les conditions de ce bonheur, énoncées comme autant de petits meurtres, ne correspondaient atrocement plus au présent, et Jean-Marc se demanda s'il avait acheté cette maison de force ou s'il avait effroyablement changé plutôt que de relever les exagérations de sa femme – car Anna dramatisait l'affaire.

Ce déménagement, elle ne l'avait jamais envisagé. Empêtrée dans une austérité profonde qu'elle maquillait d'amour et de vague à l'âme, engluée dans ses réflexes de mère trop aimante et pétrifiée par la double culpabilité que l'on éprouve à commettre des erreurs et à se les pardonner, elle ne s'était pas doutée du champ de rédemption qu'ouvrait l'idée d'un départ. C'était l'occasion d'une vie meilleure, plus légère car dispensée de correspondre aux habitudes dont cette maison s'était nourrie jusqu'à l'écœurement. Tant pis pour le soleil et le jardin qu'elle estimait, d'ailleurs, ne pas mériter.

Anna et Jean-Marc présentèrent chacun leur démission. Comme ils s'y attendaient, la société pour laquelle travaillait Jean-Marc voulut le retenir. On lui proposa une promotion. La trentaine avancée, on lui confiait la direction d'une agence qu'une heure de route permettait de rejoindre. Le couple partit en repérages et conclut, après une journée singulièrement tendre, que cette bourgade alliait le confort des rues commerçantes à la qualité de l'air.

Éric entra chez les Imbert comme on débarque pour la première fois dans une capitale. À côté de sa ferme en ruine, la famille de Romain occupait un de ces appartements réservés aux humains capables de s'adapter sans cesse à l'accélération du présent.

— Anna ! appela Romain en refermant la porte. Anna !

La prononciation de ce prénom effaroucha Éric qui, par manque d'éléments, ne s'était pas représenté cette personne que Romain annonçait. De la même façon que l'on se prépare à une surprise qui, au moment venu, se dédouble et détruit les images qu'on y avait projetées, Éric se sentit dévêtu.

— Anna ? murmura-t-il.

— C'est ma mère, répondit Romain plein d'évidence.

— Tu l'appelles Anna ?

— Bah pourquoi ? Tu l'appelles comment la tienne ?

— …

Éric haussa les épaules plutôt que d'avouer qu'il l'appelait maman. Désigner sa mère par son prénom relevait certainement de ces décalages entre ville et campagne, se dit-il ; ce qu'on racontait à propos de la froideur des citadins se vérifiait. La vitesse remplaçait les sentiments. Joëlle et Michel épiloguaient souvent sur le sujet : là-bas, les gens sont soit tarés, soit stressés. Ils ne se parlent plus ou bien s'échangent des marques d'hypocrisie et des futilités. Lorsqu'Anna apparut, Éric méprisa ses parents de se reclure au lieu de constater sur place qu'ils ne détenaient aucun apanage, qui plus est sur des questions de chaleur humaine.

— Tu déjeunes ici ? demanda Anna.

Gêné, Éric se tourna vers son ami :

— Tu m'as dit que j'invitais qui je veux…, répondit Romain.

— T'as bien fait, confirma sa mère. Tu t'appelles comment ?

— … Éric !

— Tu sais ce que ton prénom veut dire ? interrogea-t-elle en sous-entendant qu'elle connaissait la réponse.

— Non…

— Tes parents te l'ont jamais dit ?

— Je pense qu'ils le savent même pas ! avoua-t-il.

Bien qu'il lui semblât étrange que ses parents ne se soient pas renseignés, Anna se garda de les juger.

— Éric vient des mots « honneur » et « roi » en allemand.

— « Roi » ?

— Rien que ça ! s'enthousiasma Anna qui s'enorgueillit de restituer à son invité une part de son identité.

— Et Romain ? s'inquiéta Éric.

— Ben ! Ça vient de Rome ! répondit le concerné.

— C'est là où j'ai rencontré son père…, précisa Anna. Tu connais ?

— On voyage pas beaucoup…, prévint Éric.

— Au moins ça force à être bien où l'on est, argua-t-elle alors qu'elle repensait à son ancienne maison, à sa vie d'avant, ainsi qu'à la culpabilité, tirée de ses tromperies, dont elle avait tenté de se défaire avant de s'apercevoir, une fois installée au cinquième étage de cet immeuble, qu'elle ne s'était allégée d'aucun poids. S'y ajoutait la sensation que les appartements renforçaient la vivacité d'une solitude douloureuse qu'Anna, désormais, n'avait rien d'autre à faire que de regarder.

— On va dans ma chambre ? proposa Romain.

— Je vous appelle quand c'est prêt.

— À tout de suite, dit Éric en soutenant un sourire qui garantissait une bonne impression.

Jusqu'alors en retrait, Romain se réjouit de se réapproprier son camarade.

— Tu viens ?

Éric avançait à pas lents, attentif à ne pas déflorer trop brusquement l'intérieur qu'il fantasmait depuis que Romain lui avait adressé la parole, mais il accéléra finalement le pas, peureux de passer pour le méchant voyeur qu'il n'était pas.

— Ton frère est pas là ? se renseigna-t-il.

— Je crois qu'il déjeune avec des potes.

— Et ton père ?

Accaparé par le branchement de son synthétiseur, Romain ne répondit pas.

— Je te joue un truc ?

— Carrément !

Romain demanda à Éric de s'allonger par terre, de fermer les yeux, de se concentrer puis de guetter les images qui lui apparaîtraient progressivement. Les histoires qui se fabriqueraient en lui sans qu'il intervienne. La musique réclamait cet abandon à soi-même sans quoi les mélodies ne se chargent d'aucune force ; à ce jeu, les artistes se limitent à plaire au plus grand nombre et proposent ce que l'on attend d'eux : un peu de joliesse et de bohème.

Le piano démarra calmement puis reconstitua, note après note, la plainte d'un enfant blessé. Obéissant, Éric attendit que Romain chantât, mais la mélodie mourut avant qu'il n'ouvre la bouche.

— Tu reconnais ?

— Je t'ai déjà dit..., dit Éric en ouvrant péniblement ses yeux qui s'étaient habitués au noir. J'y connais rien...

— C'est la musique du film *Outsider*.

— À table, interrompit Anna qui réapparut sur le seuil de la porte qu'aucun des deux garçons n'avait pris soin de fermer.

— On arrive, dit Romain.

— Fais attention, Éric. Un roi qui dort, c'est un roi qu'on s'apprête à tuer, plaisanta Anna.

Éric se releva maladroitement, estourbi par sa plongée dans le noir, l'accès de tristesse qu'il avait entendu et la petite honte qu'il éprouva à ce qu'Anna l'ait trouvé par terre.

Devançant son ami, il découvrit Jean-Marc sans que Romain eût le temps de le présenter.

— Éric ? feignit de s'étonner Jean-Marc.

— Bonjour ! répondit timidement le garçon qui peinait à retrouver le sourire exact qu'il s'était dorénavant promis d'user lorsqu'il se retrouverait en face d'un inconnu.

Jean-Marc se leva du canapé, abandonna son journal, lui serra la main puis embrassa son fils.

— Tu n'oublies rien ? fit remarquer Anna à Romain.

— Bon anniversaire ! se reprit Romain qui embrassa une seconde fois son père.

— Romain ! T'oublieras pas non plus, interrompit Anna, j'ai pris rendez-vous pour toi chez le médecin. On y va demain après les cours.

Tous les quatre s'attablèrent. On interrogea Éric qui éprouvait quelque embarras à ce que sa présence l'emporte sur l'anniversaire du chef de famille, et l'esprit du garçon se troubla encore, incapable de leur retourner l'honneur de cette invitation ; Joëlle et Michel se prévalaient de n'avoir personne à qui rendre de comptes, d'une prétendue liberté trop effrayante pour qui leur devait la vie. Un jour, pensait d'ailleurs Éric, la sauvagerie de ses parents le contraindrait à leur devoir sa mort.

*I would say I'm sorry*
*If I thought that it would change your mind*
*But I know that this time*
*I've said too much*
*Been too unkind*

*Boys don't cry*, The Cure

# 9

— Pendant les petites vacances je vais chez ma grand-mère. Elle habite en montagne, à deux heures d'ici. Mais l'été je reste là, sauf quand ma grand-mère nous paye une semaine à la mer, expliqua Éric.

— C'est déjà pas mal…, hasarda Jean-Marc.

Comme si elle se désolidarisait de son mari, Anna se leva, empila les assiettes, ramassa les couverts sales et rapporta le tout dans sa cuisine. En mère expérimentée, elle jugea maladroit que Jean-Marc accueillît chaleureusement les déclarations d'Éric alors que le pauvre gosse sous-entendait, plein de pudeur, qu'il ne supportait plus les étés casaniers, ces vacances suspendues à la générosité sporadique d'une grand-mère qu'il n'avait pas l'air d'adorer. Certes, beaucoup d'enfants ne partaient jamais en vacances, mais elle se rappela qu'à l'époque, quand leur couple ne disposait pas d'autant d'argent, après l'achat de leur première maison, alors que Jérémy savait à peine écrire, Anna avait abandonné son orgueil au profit de la débrouille et remettait son fils, encore unique, aux mains de toute personne acceptant d'embarquer son garçon (amis, cousins, voisins) en dépit de cette honte indélébile, peut-être bourgeoise, qu'une femme éprouve lorsqu'elle est incapable de payer des vacances à ses enfants. Ainsi s'était-elle vengée quand Romain naquit. L'argent était revenu. Depuis, la famille profitait même de l'avion.

— Je vous aide ? proposa Éric.

Anna accepta ; l'adolescent avait probablement besoin de se rapprocher d'une mère compréhensive. Éric se leva sous le regard méprisant de Romain dont la toux reprit.

— Tu fais ton petit coup de lèche...

— S'il te plaît ! intervint Jean-Marc.

Éric se cramponna à la vaisselle qu'il débarrassait. Attaqué, il demeura placide, comme un réflexe prouvant qu'une telle remarque, sans fondement, ne l'atteignait pas.

Romain essaya d'allouer un regain d'énergie à son accusation qui dépassait déjà l'ironie, mais il faiblit, l'estomac alourdi, et toussa de nouveau.

Anna avait laissé traîner l'oreille. Après qu'Éric eut déposé les assiettes sur la paillasse, elle l'avisa qu'il fallait s'habituer à la jalousie de son fils. Au demeurant, elle ne supportait pas ce défaut mais l'excusait toutefois : sans son frère, Romain se retrouvait seul, et la fatigue causée par sa maladie des derniers jours accentuait assurément sa fébrilité. Pour Éric, ces hypothèses étaient relativement crédibles bien qu'à son humble avis, il en manquait une, capitale, que personne n'avouerait jamais au sein de cette famille : Romain était un exemple d'égoïsme, une machine à caprices, une pourriture enfantine.

— Tu devrais rester à la maison cet après-midi avant que ton angine n'empire, conseilla Jean-Marc à son fils. Ça ne posera pas de problème ? s'enquit-il auprès d'Éric qui reparut dans le salon.

— Je crois pas, affirma ce dernier en se rasseyant.

— Je te demande ça parce ce qu'on ne s'y connaît pas trop en école publique…

Le recours d'un père à son expérience de collégien le réjouit : la question requalifiait son statut d'« invité » en « élève invité », ce qui ajoutait à sa présence une utilité qu'Éric se cherchait.

— Un mot de votre part suffit. Ou alors un certificat médical si jamais ça dure plus longtemps.

— …

— T'as rendez-vous chez le médecin de toute façon, ajouta-t-il en direction de Romain.

Avant que Romain eût le temps de répondre, le carrelage de la cuisine se fit l'écho d'un Joyeux Anniversaire qu'Anna entonna avant d'apparaître avec un gâteau piqué de bougies qu'elle posa sur la table. Prévoyant que Romain chanterait mieux que tout le monde, Éric se contenta de sourire. Mais Romain ne chantait pas, et les participants à l'événement se limitèrent à Anna et Jean-Marc qui, pour sa part, feignait l'amour, la joie et la surprise. Il éteignit sa quarantaine de chandelles d'un souffle unique, sec et puissant, qu'il puisa dans sa volonté d'abréger ce repas de fête curieusement banalisé par la lumière du jour.

— C'est juste pour la forme..., indiqua Anna. T'auras ton vrai dîner et tes cadeaux ce soir.

— J'y compte bien ! se réjouit protocolairement Jean-Marc en coupant le gâteau.

Romain en accepta une part mais n'y toucha pas.

— Tu ferais mieux de faire une sieste, dit Anna. Je vais essayer d'avancer ton rendez-vous.

Et c'est ainsi que Romain s'appuya sur le montant de sa chaise pour se lever, se traîna jusqu'au bout du couloir et referma la porte de sa chambre.

Pendant ce trajet qui le conduisit à son lit, Éric attendit que son ami lui exprime, sans parler d'excuses, l'amorce d'un regret pour la désobligeance qu'il avait eue à son endroit. Mais dès qu'il osa espérer ce geste, il se résigna par logique : le caractère de Romain incluait une impétuosité à laquelle ne résistaient que des idoles, forcément immatérielles.

Chez les gens de sa race, s'était convaincu Éric, ce défaut n'en n'était plus un, mais la seule conséquence d'une autonomie de nature, d'une distinction originelle, d'un génie pur. À la rigueur, les critiques qu'il aurait pu formuler à son encontre auraient adouci son animosité de surface, mais n'auraient pas pallié le désœuvrement qu'Éric éprouvait à constater qu'à son âge d'autres vies, plus pleines, avaient été possibles. Elles s'étaient construites à partir de contextes différents et définitifs dont il entrevoyait l'immense portée comme on entend pour la première fois *Boys don't cry* des Cure qui, par son évidence, exhorte l'oreille à se faire expliquer tout facteur concourant à sa force. Mais, comme beaucoup d'adolescents déçus d'eux-mêmes,

Éric surestimait le déterminisme afin de mieux accuser l'injustice de naissance dont il se considérait la victime.

Jean-Marc essuya le chocolat de sa bouche avant d'embrasser sa femme. Anna accueillit la marque d'affection avec désinvolture, comme si elle reprochait à son mari de ne pas ressentir la même douleur, la même inquiétude. Ce n'était pas lui qui veillerait leur fils. Ce n'était pas lui qui s'occuperait du médecin, des médicaments, des feuilles de soin. Ce n'était pas à lui que revenait la charge du quotidien. Les symptômes que manifestait Romain méritaient qu'on s'inquiète, de la même façon qu'Anna s'inquiétait des moindres obstacles, des plus petits accrocs, des « problèmes » courants vis-à-vis desquels le bonheur d'une famille est un exploit journalier. Romain n'était pas dans un état à proprement parler préoccupant, mais l'incident s'ajoutait aux courses, aux factures, au ménage, à ces choses dans lesquelles on s'investit par réflexe, sinon quoi l'ennui anéantit la résistance qui a valeur d'orgueil, qui nous distingue les uns les autres, entre ceux qui lèvent ou baissent les bras. Anna était courageuse ; en dépit de sa bonne foi, son mari ne l'était pas.

Manteau sous le bras, Jean-Marc lui souhaita un bon après-midi et répéta, comme un enfant, qu'il attendait avec impatience ses cadeaux au mépris d'Éric qui, lui, n'en espérait ni de ses parents ni de la vie.

*Everything you do is simply delicate*
*Everything you do is quite angelicate*
*Why can't I be you ?*

*Why can't I be you*, The Cure

# 10

Lorsqu'ils se retrouvèrent seul à seul, Anna insista pour raccompagner Éric à son collège.

— Imagine qu'il t'arrive quelque chose...

Retenu par la maladie de Romain et l'intimité de cette maison dans laquelle il s'était senti précipité, Éric manqua d'aplomb. Attentif à ce que rien n'empire la contrariété qu'Anna manifestait ouvertement, il accepta l'offre.

La mère et le fils qu'aucun lien de sang n'unissait quittèrent l'appartement et marchèrent quelques mètres, tels deux clandestins, jusqu'à l'artère principale.

Anna se retrouvait pour la première fois de sa vie en situation de rapt ; Éric tergiversait quant à la crédibilité d'une relation avec elle.

Un silence accompagna logiquement la virée jusqu'à ce que l'agitation de la ville n'étouffe leur présence. Il n'y avait pas foule, mais suffisamment de voitures, de magasins ouverts et d'ouvriers en marche pour qu'ils échappent aux soupçons. Apparemment, ils n'avaient rien à cacher.

— J'imagine que ta mère ne t'accompagne plus depuis longtemps, se dédouana-t-elle en creux.

Éric acquiesça :

— Surtout que c'est pas vraiment son genre.

— Comment ça ? C'est quoi son genre ?

— Elle est plutôt je-sors-pas-de-chez-moi-parce-qu'on-peut-faire-confiance-à-personne.

— Et ton père ?

— Pareil. Tout le monde est taré sauf lui.

— Tu devrais leur dire de sortir. Ça leur ferait du bien, suggéra Anna.

— Ce serait surtout le bon moyen de me prendre une torgnole...

Confuse d'avoir excité le cynisme de l'adolescent, Anna ne rebondit que plus tard, quand le collège fut en vue.

— Et toi ? Tu fais confiance à mon fils ?

— Je devrais pas ?

— Si ! se réjouit-elle alors qu'Éric déclarait par sous-entendu qu'évidemment, oui, il avait confiance en Romain – pour lui, la question ne se posait pas. Je te demande ça parce qu'il n'a jamais eu beaucoup d'amis. Tout le monde n'est pas capable de le comprendre...

— Faut juste accepter de s'allonger par terre et de fermer les yeux pour écouter sa musique ! concéda-t-il en même temps qu'il se disculpait du récent épisode.

— Il fait tout le temps ça avec son frère..., dit Anna avec sourire.

La comparaison provoqua chez le garçon l'incontrôlable envie de poursuivre la conversation. Anna exauçait le vœu qu'Éric n'avait pas formulé : approcher la définition objective de cette relation trouble. Pour peu que leur discussion continue, il décrocherait auprès de ce témoin privilégié la confirmation de leur fraternité brutale.

Au vu de la complicité qui unissait Anna et son fils, cette symbiose possible qu'il appréhendait sans comprendre, il était concevable que Romain ait, dès le premier jour, renseigné sa mère sur cette rencontre et les espoirs qu'il plaçait en elle. Avant qu'on ne me reçoive, parlait-on de moi ? Qu'en disait-on ? Comment Romain m'avait-il présenté ? Et, quand Anna stoppa son pas, Éric voulut encore savoir s'il correspondait au portrait établi. Avait-il vraiment l'air d'un lécheur ? Romain le jugeait-il vraiment infréquentable ? À tous les coups, Éric croiserait Thomas en cet après-midi de malchance.

Du fait qu'elle s'était arrêtée devant le passage clouté, le garçon comprit qu'Anna le quitterait à cet endroit. Mais il ne décanillait pas.

— Je te laisse ici, précisa-t-elle afin qu'il décampe. Je t'accompagne pas plus loin. « Ça craint trop », non ?

Ils se dirent au revoir sans s'étreindre. Éric hésitait à lui serrer la main mais Anna réagit avant lui. Elle lui effleura seulement l'épaule, lui souhaita bon courage et fit demi-tour.

Quelques secondes plus tard, s'assurant qu'Éric avait traversé la rue sans encombre, Anna se retourna. Au même instant, un camion déboula. Son cœur pila. Puis l'engin poursuivit son chemin, découvrant un bitume sec et vide. Éric était sauf ; Anna l'aperçut copiner, de dos, devant l'entrée du collège, puis s'en alla pour de bon.

Deux adolescents à contresens, au premier croisement, essoufflés par leur course, manquèrent de renverser cette femme emmitouflée de nostalgie et de solitude, mais elle ne protesta pas et revécut jusqu'à son palier ce temps subordonné aux allers-retours entre la maison et l'école, quand elle recueillait auprès de son fils ses impressions de la journée, devinait les secrets qui s'y nichaient et tentait de répondre à ces questions enfantines qui rappellent à la grandeur du monde ; ces questions dont Romain avait passé l'âge, si bien qu'Anna avait observé la réduction de son champ de responsabilités. Elle se sentait moins utile. Les petits drames, seuls, comme l'alitement de son fils, offraient une chance de se montrer présente, à la hauteur, indispensable, indignement dégoûtée que cette maladie, finalement, ne fût plus grave. Le médecin diagnostiquerait une simple angine ; ce serait tristement bien ainsi. Car ce qu'elle désirait était certainement que le docteur décèle en elle, elle seule, un terrible mal. Voilà ce qui retournerait enfin la situation et réparerait, par une exquise douleur, l'indifférence dont elle souffrait.

Ainsi ouvrit-elle sa porte le cœur disloqué, malheureux, apaisé d'entendre Romain à son clavier. Il avait abandonné son lit. Jean-Marc et Fabrice n'existaient plus. L'après-midi leur appartenait. Éric ne les séparerait pas. Le garçon, rendu à son quotidien, n'était plus l'intrus que Romain voulait massacrer.

*J'fais un vœu*
*Le feu d'un duel au soleil*
*Je rêve d'un duel avec toi*

*Duel au soleil*, Étienne Daho

# 11

Trois semaines plus tard, le rythme de la classe s'était institué. Comme promis, les impressions de rentrée n'avaient été qu'impressions. On avait oublié ces paroles épidermiques, absorbées par la répétition des jours, la rengaine des semaines et bientôt des mois, qui nivelaient les espoirs et les angoisses. On s'était d'abord offusqué de la composition des classes, on s'était promis que c'était invivable, on avait décidé de saboter son année par désespoir ; on s'était trompé. Il aurait fallu être plus fort pour ne pas se résigner, mais toujours les plus résistants cédaient. Le ronronnement de l'école contrecarrait les révolutions. On y apprenait l'ennui qu'on préférait apprendre ailleurs, chez soi, où il fructifiait davantage, comme il fructifia pour Romain pendant son absence qu'il prolongea tant qu'il put, avec la complicité de sa mère qui revit pour l'occasion son ancien amant. Sans ausculter le garçon, il signa une longue dispense qu'Anna brandit avec bonheur, de retour chez elle, devant son fils qui manifesta la même euphorie. Romain composerait de nouveaux morceaux inspirés des cassettes que Jérémy avait oubliées en repartant pour sa caserne.

Romain savait ce qu'il *faut savoir* pour peu que l'on envisage une carrière. Toute autre assiduité que musicale malmenait ses chances. À ce titre, Anna avait prié Jean-Marc de la croire, mais son mari ayant remisé son devoir parental entre ses mains de mère atypique, il ne fut pas étonné que Romain tarde à retourner au collège. Qui plus est, les médecins, dont il ne doutait pas des compétences, avaient avalisé la quarantaine de leur fils.

Mais le répit prescrit expira. Si tant est qu'ils fussent raisonnables, d'un accord tacite, Anna et Romain acceptèrent ce délai comme une fatalité. Ils n'étaient pas seuls au monde – le retour de Romain au collège faisait partie de ces contraintes qui le leur rappelaient, et calmait en même temps les rares mais soudaines angoisses inhérentes à leur vie sauvage.

La salle était froide. Un matin, reclus dans son anorak, Éric écrivit la date du jour sur son cahier pendant que Mlle Colinot faisait l'appel. Manquait Romain, qui finalement surgit à contretemps. Les élèves ayant gardé peu ou prou les mêmes places qu'en début d'année, deux options s'offraient à lui : rejoindre son complice du fond en espérant qu'on ne le lui interdise pas, ou bien s'asseoir au premier rang. Apparemment en forme, trépignant, il tendit son carnet à Mlle Colinot qui ne doutait plus, après trois semaines, de la crédibilité de son absence.

— Vous récupérerez vos cours auprès d'Éric, lui indiqua-t-elle comme une invite à le rejoindre.

Romain reprit son carnet et traversa la classe sous les regards compassionnels de ces élèves qu'il ne reconnaissait déjà plus. Seul Éric lui était familier ; mais ce dernier aurait préféré, bien qu'il se mentît à lui-même, que Romain l'eût oublié.

— Ça va ?

— …

— Faudra que je te raconte.

— …

— Tiens ! J'ai une cassette pour toi.

— …

— Et puis j'ai plein de nouveaux trucs à te faire écouter.

— …

— Tu reviendras chez moi.

— …

— Un soir après les cours…

— …

— Parce que j'ai décidé de manger à la cantine.

— …

— Je me suis dit que c'était mieux pour Anna. Comme ça elle prendra plus de temps pour elle. Et ce sera mieux pour nous.

— …

— Éric ?

— …

— Tu me parles plus ?

— …

— Éric !

— Quoi ?

— Tu vois que tu me reparles, quand tu veux !

Faire souffrir son camarade. Éric avait desserré l'étau de la promesse qu'il s'était faite. La désinvolture de son ami méritait qu'on la condamne. Romain n'avait pas donné de nouvelles... Alors que Romain, selon sa conception de l'amitié, s'était naturellement inquiété. Il avait appelé, rappelé, malgré la peur qu'un de ses parents répondît, qu'il dût se présenter, s'excuser pour le dérangement, pour finalement bafouiller un message sur le répondeur auquel Romain ne donna pas suite, après quoi le garçon ressentit l'angoisse d'avoir épuisé ses possibilités de le joindre.

L'absence de son compère avait malmené l'imagination d'Éric. Sa maladie avait-elle pris de l'ampleur ? Lui en voulait-il ? Le cas échéant, les belles amitiés étaient-elles nécessairement si courtes ? L'adolescence enseignait-elle la précarité des sentiments ? Si tel était le cas, Éric s'y serait d'emblée opposé, se prévalant de constance, là où d'autres orientaient leur cœur selon qu'on les flatte ou les vomisse. En ce sens, le cas de Thomas était particulier. Éric s'était persuadé d'une erreur. Cette amitié était un malentendu.

Romain relança son voisin. Ce dernier fronça les sourcils. Sa grimace décidée différait ses explications. Éric signifiait par là que ce n'était ni le lieu, ni le moment. Aussi, la cassette qu'avait enregistrée Romain demeurait en suspens, sur la table, entre les deux garçons.

Réduit à l'attente, le musicien ouvrit son premier cahier de l'année. En haut de l'une de ses trois cents pages vierges, il écrivit la date. Comme un voyeur, Éric le regarda faire, écœuré pour son camarade qui signait là son acte d'obéissance. Il lui en voulait encore assez pour ne pas s'apitoyer, mais leur proximité l'empêchait d'oublier le destin qu'il lui avait souhaité.

Sa place n'était pas au collège où les simples mots « public » ou « privé » s'opposaient à la nature de son individu qui, justement, brouillait idéalement ces frontières pour peu qu'il pratique son art.

Une amitié comme celle-ci imposait peut-être le sacrifice de ne pas courir après. Éric regrettait maintenant d'avoir été, par son silence, trop pressant : il avait désiré étouffer Romain, comme une réaction aux douleurs plus concrètes dont il se sentait menacé.

*There were times when I could have murdered her*

*Girlfriend in a coma*, The Smiths

# 12

Éric ne craignait pas tant la mort que ses approches. Qu'on le tue, soit. Mais qu'on l'intimide, hors de question. Quitte à périr, autant que ce soit net et franc. Plus généralement, il abhorrait les détours, les litotes ou la condescendance qu'employaient ses camarades quand ils parlaient de Romain. « S'il pense nous choquer avec son style et sa musique de petit rebelle… »

Éric préférait les face-à-face. Il n'y parvenait jamais, accumulait les frustrations, se promettait de s'exprimer bientôt librement, chaque nouvelle relation était un terrain vierge sur lequel il prévoyait d'exercer sa franchise mais ses réflexes le piégeaient vite. C'était un combat quotidien dont il sortait perdant. Aussi, quand son père, un samedi matin, lui annonça qu'il venait de croiser en centre-ville Mme Zorn, la mère de Thomas, il hésita à lui avouer son mensonge. C'eût été l'occasion d'entériner ses fautes et sa peur déraisonnable de s'entretenir avec son père. Fabrice, lui, était parvenu à l'instauration de rapports simples avec Michel avant de rejoindre l'armée. Face à l'institution, Joëlle et son mari se sentaient minuscules.

— Et alors, comment va Mme Zorn ? se renseigna Éric.

— Apparemment Thomas est très triste de ne plus être dans la même classe que toi..., répondit Michel.

— C'est de sa faute..., rétorqua Éric afin d'indirectement s'assurer que la mère de son ancien ami ne se soit pas vantée des performances de son fils.

— Je me suis quand même excusé. Après toutes ces histoires...

— Comment ça ?

— Tu persistes à croire que t'y es pour rien dans son redoublement ?

— ...

— Tu me réponds quand je te parle ?

— Pff...

— Oh et puis arrête d'expirer comme une vache dès que je te pose une question.

— Je vais pas le plaindre d'avoir moins travaillé que moi !

— Toi aussi tu mériterais de redoubler. T'es plus feignant que lui. Va aider ta mère, d'ailleurs, elle est toute seule à courir après les poules.

— C'est pas ça qui va m'aider pour le brevet !

— Faut que je m'énerve ?

Exaspéré, Éric suivit son père dans le jardin que l'usage avait improvisé en basse-cour. Tablier autour de la taille, Joëlle avait chaussé ses bottes de paysanne. Sa tenue n'était désespérément pas ridicule. Autour d'Éric, aucun détail n'esquintait la crédibilité de cet anachronisme permanent : loin de chez lui, on revendiquait son propre plaisir, l'égalité des sexes ou le droit à la différence comme autant de mains tendues vers des lendemains qui chantent. Tout devenait possible ; il n'y avait plus de suzerains, plus d'esclaves, et, comme son prénom le lui suggérait, chacun recelait un roi en puissance. Mais Joëlle et Michel, par habitude, ignoraient ce type de souveraineté que la modernité autorisait d'exercer sur soi-même. Leurs aises dépendaient d'un assujettissement à ceux qu'ils estimaient plus riches, plus puissants. Ces gens-là, Éric ou Nathalie ne les avaient jamais rencontrés, mais leurs parents invoquaient si souvent l'inestimable valeur de leur morale qu'ils ne doutaient pas de leur existence. En vieillissant, pour peu qu'ils étudient comme il faut, qu'ils s'insèrent dans le beau monde, ils entrapercevraient ces éminentes figures pour l'heure réduites à l'aura fantomatique sous laquelle les Fournier abritaient leur fierté de ne gêner personne.

— Tu m'aides ? s'écria Joëlle en prise avec une poule qui refusait qu'on l'attrape.

Longeant les barbelés de l'enclos, Éric s'approcha de sa mère, bras ouverts, condamnant le volatile au renoncement ; à moins de se frayer un chemin entre quatre jambes qui resserraient à chaque pas son lopin de liberté, il n'y avait pas d'issue.

À contrecœur, Éric observa sa mère sauter sur l'animal. La poule se débattit comme un aigle dont on aurait ligoté les pattes. Ébouriffée, bras en avant, Joëlle maintint la proie à distance de son visage, et, par une technique qu'elle seule semblait posséder, bloqua les ailes de la bestiole.

— Tu crois que ça nous viendrait à l'esprit de se débattre comme toi ? confia gentiment Joëlle à sa poule de telle sorte qu'Éric imagina soudainement qu'il n'était plus question de l'abattre.

— Tu l'amènes à ton père ? rectifia-t-elle.

— Vas-y, toi...

— Il te donnera de l'argent de poche si tu l'aides...

Éric soupira et saisit l'oiseau des bras de sa mère.

— Tu sais que c'est pas agréable de te voir râler en permanence ?

— Quoi ? Tu voudrais quoi ? Que je saute de joie à l'idée d'égorger des poules ? À part vous aider, y'a rien à foutre ici. On serait en ville, je pourrais sortir, voir des gens, arrêter de vivre comme au Moyen Âge !

— Je t'ai jamais empêché de descendre en ville...

— T'as un ami cocher à disposition ? Un cheval ? Comment on faisait à l'époque ? argua l'adolescent au nez de sa mère.

— Et je t'ai jamais empêché d'inviter qui que ce soit !

— Inviter qui ? Où ça ? Dans cette ruine ?

— Monsieur a des goûts de riches !

— Vous vous êtes vus ? lança-t-il tout en désignant la poule qui attendait qu'on l'exécute.

Joëlle se tut, se gardant d'interpréter les remontrances d'Éric comme un appel à reprendre le progrès en marche. Ses critiques ne portaient pourtant pas sur l'argent, mais sur la façon dont on l'utilisait, c'est-à-dire à l'entretien d'une misère fort coûteuse dès lors qu'il fallait soigner les animaux de la ferme, reconstruire la vieille cabane du jardin ou payer le bois pour une maison qui ne chauffait pas.

La poule supportait mieux le froid qu'Éric, qui se réfugia dans le garage où son père avait aligné ses instruments de torture.

— Tu vois, c'était pas très compliqué de filer un coup de main…, ricana Michel.

Plutôt que de répondre, Éric pressa la tête de la poule contre le billot tout en serrant ses coudes afin de maintenir le volatile immobile.

Consciencieusement, son père leva sa hache et répéta au ralenti le geste qui tuerait la bête.

— T'es prêt ? s'enquit-il.

Éric acquiesça.

— Alors bouge plus…

Les yeux fermés, Éric acquiesça de nouveau.

Loin de la ville et son collège, dans le garage de cette maison triste en bord de nationale, la lame trancha le cou de l'animal. Éric tressauta. Il lâcha prise et ce qu'il restait de la poule (des plumes sur un corps décapité) s'ébroua comme un chien revenant d'une baignade, à ce détail près que l'eau n'était qu'hémoglobine.

— Rattrape-la au lieu de rester comme une chiffe molle ! hurla Michel.

Entre larmes et sang, Éric se jeta par terre. À l'aveugle, il déplia ses bras tel un nageur sans piscine. Son père criait encore, lui ordonnait de réagir, mais les mains d'Éric n'agrippaient que de l'air. L'animal demeurait hors d'atteinte.

Le garçon manquait de force, de lucidité, et pleurait sur son petit pouvoir que bafouait la plus imbécile des bestioles.

Le monde était une menace à laquelle il s'efforçait chaque jour d'échapper, mais une poule lui avait résisté, une pauvre poule amputée dont il éprouva la douleur, quand ses nerfs relâchèrent leur tension et que la bête s'avachit sur le côté.

*Life is but a twinkling of an eye*
*Yet filled with sorrow and compassion*
*Though not imagined*
*All things that happen*
*Will age too old*
*Though gold*

*Stay gold*, Stevie Wonder

# 13

Contrairement à ce qu'il prétendait, Éric disposait d'un moyen de locomotion. Toutefois, une bicyclette ne permettait pas d'atteindre la ville en moins d'une heure. Et les dénivelés exigeaient beaucoup d'efforts. Ce trajet, Éric ne l'avait effectué qu'une fois, le lendemain qu'on lui ait offert un vélo d'occasion pour son anniversaire. Il s'était pris au jeu de la nouveauté et, tout aussitôt, en avait épuisé le charme... et souffert les jours suivants d'incroyables courbatures.

Depuis ce premier voyage, Éric avait réduit l'ambition de ses virées à la simple ascension du vignoble le plus proche. Il s'y rendait après un chagrin, ou lorsque Michel lui demandait « d'aller se calmer », formule qui l'enrageait autant qu'une insulte, lui qui veillait à ne rien envenimer, à respirer profondément dès qu'une dispute s'amorçait – ce dont son père, à cran, était incapable.

En l'occurrence, Éric avait quitté le garage sous les cris de son père. Il n'avait pas l'énergie de lui répondre et préféra consacrer ce qui lui restait de forces à rouler. Il partit plus vite qu'à son habitude et s'essouffla dès le premier virage, au croisement de la route nationale et du chemin qui menait au sommet de la côte. Il maintint néanmoins son rythme quand la pente se durcit, pédala sous les nuages comme on exténue un cheval sous des coups d'étrier, galopa en dépit des précédentes courses et de leurs obstacles imposés et parvint au sommet de la colline le cerveau libéré de ses rênes. Il descendit de la selle, coucha sa bicyclette, sortit son walkman de sa poche et se faufila entre les vignes abandonnées à l'hiver.

Le panorama offrait une vue sur la campagne qui s'urbanisait à mesure qu'elle approchait l'horizon. La route nationale, le chemin de fer et l'électricité à haute tension convergeaient vers cette ville qu'Éric avait d'abord regardée comme un eldorado avant que l'âge ne lui dévoile son exiguïté. Elle n'était plus à la mesure de ses désirs, et la domination qu'elle exerçait sur le paysage le répugnait. S'il fallait choisir un lieu où ne pas mourir, c'était là. Seuls le vent glissant sur son visage et la voix de Romain dans son casque s'affranchissaient de ce territoire avare de promesses, de beauté. Éric s'allongea et ferma les yeux comme son ami, dans sa chambre, lui avait conseillé de le faire. Il découvrait enfin la cassette que Romain lui avait enregistrée :

« Je vais pas te mentir… Les paroles c'est pas moi qui les ai écrites… C'est un poème américain… La musique par contre c'est moi… Et le chanteur… Ben moi aussi… Mais tu me reconnaîtras ! C'est un poème que j'ai entendu dans un film… Le film préféré de mon grand frère… Dedans il y a toutes les stars d'aujourd'hui… Ralph Maccio… Matt Dillon… Patrick Swayze et même le mec qui joue dans *Top Gun*… Ça s'appelle *Outsider*… Mon rêve c'était d'avoir un jour un pote qui leur ressemble un peu… Comme toi… Au début ça commence comme ça… "Lorsque j'émergeais dans le Grand Canyon"… Et on entend un train… Les guitares et la voix de Stevie Wonder… Et puis y'a un coucher de soleil… C'est trop beau mais je te le montrerai… Le poème il s'appelle *Nothing gold can't stay* et en français ça veut dire : "Tout ce qui est d'or ne dure jamais." Je t'ai mis plein d'autres chansons après… Pas que de moi, t'inquiète… T'entendras New Order… les Cure… Housemartins… Enfin tu verras… Je commence… »

# Deuxième trimestre

*It should be better with you*
*It's just a question of time*

*A question of time*, Depeche Mode

# 1

— Comme pour tous les devoirs faits à la maison, j'ai surtout l'impression de noter les parents. Sauf pour une question : « Qui était Rousseau ? » Là, j'ai noté le Larousse, le Robert... Vous avez donc tous eu 5 sur 5, ce qui n'est donc pas vraiment glorieux. En troisième, on serait en droit d'attendre autre chose qu'un travail de copie... Enfin... Il y a quand même quelqu'un dans cette classe qui n'a pas eu les 5 points.

Bien qu'elle ne soit pas d'un excellent niveau, la classe s'impatientait de connaître le nom du malchanceux. Mlle Colinot profitait du suspens pour affermir son autorité.

— Autant dire que c'est regrettable... Certains se dirigent tout droit vers le redoublement. Il faut réagir avant qu'il ne soit trop tard !

Plus qu'un autre, Éric prit la remarque à son compte. Le premier conseil de classe l'avait épargné, mais sa peur du redoublement s'était renforcée depuis qu'il en jouait dans ses mensonges.

— Mathilde ?

— J'étais sûre que vous alliez encore vous en prendre à moi..., lança l'élève à la tresse mal serrée.

— C'est normal... Vous êtes la seule à avoir eu 0 à cette question...

— Pourquoi ? Moi aussi j'ai copié dans un dictionnaire...

— Taisez-vous ! Et crachez ce chewing-gum ! Si je m'en prends à vous, c'est que vous êtes la seule qui n'ayez pas recopié la vie de Jean-Jacques Rousseau... mais celle du douanier !

La classe s'esclaffa au mépris de ses propres connaissances. Peu d'entre eux connaissaient le peintre. Seuls Romain et Éric gardèrent le silence. Le premier écrivait une chanson que le second tentait de lire en coin.

— Sambardier... 12. Stévanovic... 5.

Mlle Colinot distribuait les copies tachées d'encre rouge. Chaque mauvaise note accentuait sa crainte de perdre la confiance que le proviseur lui accordait. Un jour ou l'autre, les résultats du brevet chiffreraient ses compétences. Sa mutation s'éloignait. Elle ne pensait qu'aux moyens de préserver de correctes conditions de travail au sein de cet établissement qui la claustrait.

— Fais gaffe, chuchota Éric. La prof arrive...

Romain posa son crayon et se releva.

— Imbert... 15. Fournier... 15 aussi. Bravo. Deux bonnes notes mais deux devoirs qui ne présentent aucune similitude ! Je le dis pour tous, histoire que vous n'imaginiez pas que j'encourage le travail en binôme...

Éric cherchait en Romain une attention qui leur eût permis de partager leur succès. Mais ce dernier n'ébaucha qu'un sourire de circonstance, artificiel et désintéressé.

— Tu croyais avoir plus ? s'inquiéta son camarade.

— Plus ? À quoi ça me servirait ?

Romain reprit son couplet. D'après ce qu'Éric entrevoyait, il y était question d'une meute de chiens alors que son cœur à lui aboyait de solitude. S'il y avait une chanson à écrire, pensa Éric, elle porterait sur ce qu'il apprendrait plus tard à nommer, peut-être à supporter : le sentiment de déshérence. La tristesse était sans pareille lorsque l'autre ne voulait pas de votre bonheur.

— Vous prendrez le temps de lire mes corrections à la maison. En attendant, j'ai une annonce à vous faire.

Après les résultats globalement catastrophiques du récent conseil et du devoir qu'elle venait de leur remettre, les rangs s'effrayèrent d'un changement brutal de stratégie pédagogique.

— En accord avec votre proviseur et après avoir organisé une assemblée générale avec les autres professeurs, nous avons décidé de faire grève le mois prochain.

Un soupir de satisfaction parcourut la classe.

— Attendez ! Ça ne veut pas dire que le collège sera fermé...

Mlle Colinot se saisit d'une craie et nota au tableau la date tant attendue.

— Nous ne ferons pas cours mais le collège restera ouvert et votre présence souhaitée... D'ailleurs vos parents sont eux aussi conviés. Nous tiendrons d'une part des permanences d'information sur ce que contient réellement cette loi et d'autre part, le collège organisera plusieurs convois pour monter à Paris et se joindre à la manifestation qui aura lieu dans l'après-midi.

— Ça veut dire qu'on va descendre dans la rue ? demanda Mathilde Vachera.

— C'est triste à dire mais je préférerais que vous profitiez de ce voyage à Paris pour aller voir les toiles de votre peintre préféré…

Mathilde faillit crier à l'injustice mais l'euphorie de la classe l'en empêcha.

— En tout cas, pour ceux qui comptent venir, il faut vous inscrire sur cette feuille en laissant le numéro de téléphone de vos parents. Chaque élève doit être accompagné de son père ou de sa mère. Votre présence là-bas relèvera de leur seule responsabilité…

La feuille voyagea de table en table. Avant d'y inscrire ou non son patronyme, chacun dût estimer l'engagement de ses parents, la liberté pour laquelle ils étaient prêts à se battre, la réactivité dont ils feraient preuve dans la révolte. Quelle famille appartenait à quel camp ? Le procédé en gêna plus d'un. Épris d'aventures, certains hésitaient tandis que d'autres se résignaient d'emblée, vociférant par faux-semblant contre l'immobilité de leurs parents qu'ils avaient eux-mêmes acquise. Seul Romain écrivit les renseignements nécessaires sans douter.

— Je te marque ? demanda-t-il à Éric qui confirma de la tête comme on accepte d'approcher son plus beau rêve avant qu'il ne nous déçoive, comme convenu, comme tous ces rêves dont on feint d'ignorer l'évanescence.

*Respire le bon air*
*Mais fais gaffe quand même*
*Tous les jours des mômes meurent*
*d'en respirer un peu trop*

*Paris*, Taxi Girl

# 2

Paris avait-il changé ? Anna ne dissimula pas sa joie quand son fils lui annonça la nouvelle. Bien sûr qu'elle monterait dans le car ! Elle n'y allait jamais ! Au mieux, les Imbert y réservaient un hôtel jouxtant l'aéroport, une ou deux nuits par an, au premier jour d'un long voyage ou bien au retour d'un pays lointain. Ils ne voyaient jamais rien de cette ville qu'Anna et Jean-Marc affectionnaient sans emphase, plus déroutés par sa légende que dévoués à son adoration. Ils la tenaient en respect, non sans méfiance, et chaque fois que leur aîné en revenait, Jean-Marc rappelait à raison, peut-être, que travailler là-haut n'octroyait pas plus de revenus qu'il ne leur en eût été nécessaires face à la vie chère qu'on devait y supporter. S'y installer était une mauvaise idée. De son côté, sans avoir sérieusement évalué les changements qu'eût impliqué un départ définitif pour cette ville, Anna en convenait, imaginant néanmoins que Paris était ce passage obligé pour qui désirait fortement le futur. À compter qu'elle en eût un jour l'ambition, elle en avait irrémédiablement passé l'âge. Ses espoirs pour ainsi dire « capitaux » résidaient pour l'heure en ses fils : Fabrice comptait là-bas quelques amis qu'il visitait ; lui incombait maintenant le soin d'accompagner Romain à cette place forte avant que sa musique ne s'en empare. Cette virée l'excitait, même si elle ressentit devant le car affrété par l'école l'amorce d'une déchirure.

— Ce sera pour la prochaine fois ! tenta-t-elle de réconforter Éric qui, sans surprise, n'avait pas obtenu la permission d'embarquer.

— J'y suis jamais allé. C'était l'occasion…

— Faut pas regretter… C'est juste un aller-retour. Et à part la manif tu n'aurais pas vu grand-chose…, dit-elle en prévoyant d'écarter Romain du cortège dès qu'ils arriveraient à destination.

En secret, Anna avait prévu qu'ils se baladeraient sur les quais de Seine, qu'ils déjeuneraient dans une brasserie près du Louvre et qu'ils profiteraient de l'après-midi pour fréquenter les disquaires dont elle avait établi une liste par l'intermédiaire de Jérémy. Ne doutant pas que son petit frère se réjouirait de ce programme, il avait recommandé à sa mère une adresse où dormir en cas de besoin et lui avait souhaité bon voyage. Jérémy ne s'étonnait plus qu'Anna manœuvre afin d'accrocher quelques derniers souvenirs à sa maternité qui s'évidait à mesure que Romain investissait son devenir. On était parent pour toujours ; on en gardait le statut sans que ce dernier nous en garantisse toutefois le sentiment d'éternelle plénitude. La vieillesse apprenait à lâcher prise. Face au temps, il était parfois nécessaire de s'y résoudre.

Le chauffeur avait allumé le moteur qui, encore froid, secouait le car à l'arrêt. Éric et Romain se regardaient à travers les vitres qui, ni de peur ni d'impatience, tremblaient malgré tout. Cette vibration, désespérément mécanique, renforçait la sévérité de cette séparation. L'un restait, l'autre s'en allait, mais il n'y avait pourtant pas de quoi pleurer. Ils se retrouveraient.

Le bus traversa la ville, rejoignit la nationale puis l'autoroute. Il se rangea sur la voie de droite, roula à vitesse constante, ne doubla aucun autre car, s'immobilisa sur une aire de repos, reprit son chemin et s'approcha de Paris. Il stationna aux portes de la capitale. Les voyageurs descendirent et marchèrent un temps jusqu'au métro.

Un changement de ligne plus tard, Anna annonça à son fils qu'ils s'exfiltreraient du groupe à Châtelet. Elle lui réservait une surprise. Elle espérait qu'il s'en réjouirait.

— Y a pas de raison…

— T'y tiens vraiment à cette manif ?

Romain haussa les épaules. Paris le contentait. Ce qu'on y vivait était accessoire. Il y venait repérer un décor dont la manifestation n'était qu'une infime partie, superflue, qu'il découvrirait à la télévision. En fin de compte, se battre pour un système scolaire qu'il quitterait au plus vite avait moins de sens que de s'approprier les rues qu'il arpenterait jusqu'à ce que son nom s'y affiche et résonne comme le symbole d'une réussite dans laquelle personne d'autre que lui n'aurait de place. Paris était pour Anna ce qu'Éric était à Romain : un étranger dont il était momentanément possible de s'éprendre avant de s'éloigner, grave, contraint par son destin.

*Though your world is changing*
*I will be the same*

*Slave to love*, Brian Ferry

# 3

Les cours suspendus, Éric se réfugia dans la bibliothèque qui n'avait pas connu une telle fréquentation depuis qu'on l'avait inaugurée. Perdu au milieu des livres qu'il approchait sans désir, par ennui, il choisit d'entamer *Les Mystères de Paris* d'Eugène Sue. Le titre le consolait de son voyage manqué en même temps que l'épaisseur du volume, premier d'une longue série, entretenait sa déception. La lecture de ces pages nécessitait plus de temps qu'un aller-retour à Paris.

Les premières lignes accentuèrent son amertume : le texte ne répondait pas à son intitulé. De mystères, il n'en était directement question ; et de Paris, on n'en découvrait qu'une peinture du XIXe siècle. Naturellement sensible, il s'attacha néanmoins très vite à son personnage principal, un certain Rodolphe décrit comme un « homme d'action dont la force physique, dont l'audace, exercent toujours sur la foule un irrésistible ascendant » qui le piégea jusqu'à midi.

Il se surprit à reconsidérer la sonnerie qui retentit : plutôt que de le délivrer d'un cours, elle abrégeait exceptionnellement un plaisir. *Les*

*Mystères de Paris* l'avaient conquis au point qu'il rapporta l'ouvrage chez lui.

Ayant été prévenue que la cantine n'assurerait qu'un service réduit, Joëlle emprunta la voiture de son mari, conduisit avec prudence et se gara devant le collège en double file. Éric l'avait déjà remarqué : sa mère se prêtait au jeu des événements qui bouleversaient la routine. Quand il neigeait, quand Nathalie tombait malade ou quand Paul, le collègue de son mari, débarquait sans prévenir, Joëlle ne répondait plus à ses réflexes de sombre épouse, possédée de certitudes.

— T'aurais pu te garer plus loin ! grogna Éric. C'est la honte.

— Si je m'étais garée plus loin, tu te serais plaint d'avoir à marcher.

— …

— Allez, dépêche-toi. Ça va refroidir.

La mère et le fils ne se voyaient jamais seuls. Joëlle espérait secrètement qu'ils discuteraient du lien qui les unissait, de l'affection qu'ils ne savaient se montrer et des projets qu'Éric gardait pour lui. Joëlle avait nettoyé la maison, fait la cuisine et dressé la table comme on prépare un terrain à l'entente ou la plantation. Ils n'avaient plus qu'à s'asseoir et déjeuner l'un en face de l'autre. Une autre intimité germerait peut-être, des confidences écloraient, ou bien leurs propos demeureraient stériles. Pour se rassurer, Joëlle anticipait une mauvaise récolte dont elle excluait déjà sa responsabilité.

Le soleil d'hiver ne chauffait pas, mais il semblait que la ferme fût plus douce en plein jour et pleine semaine. Éric ne reconnaissait pas sa maison, et l'unique présence de sa mère projetait le garçon dans un improbable futur où son père, Fabrice ou Nathalie n'existaient plus.

Que se diraient-ils après leur enterrement ? Parleraient-ils comme ils s'apprêtaient à le faire ? C'était ça : la demeure était vide. N'y logeaient que des fantômes épouvantablement fixes. Ne serait-ce que le vent, un courant d'air ou le bruissement d'un arbre auraient calmé l'effroi du garçon.

Éric alluma le poste :

« ... Le mouvement de protestation des étudiants et des lycéens de France a tourné au drame. Un jeune homme est mort dans des circonstances encore indéterminées. Plusieurs témoins ont vu la scène dramatique et mettent en cause le comportement des brigades motorisées de la police chargées de nettoyer les rues. »

— Tu vois. T'as pas raté grand-chose..., dit Joëlle en apportant son plat.

— Chut ! intervint Éric.

« Généralement, sur chaque moto en général tout-terrain, capable de se faufiler partout et de grimper facilement sur les trottoirs, deux hommes : l'un pilote, l'autre est armé d'une matraque. L'objectif de l'unité commandée par un officier de police est de surprendre, d'intervenir très vite contre les casseurs et d'impressionner le plus possible l'adversaire pour le déstabiliser. En principe, les petits commandos d'étudiants, le plus souvent de faux étudiants, ne se frottent pas à ce genre d'unité et évitent l'affrontement direct avec cette brigade très impressionnante et très mobile. Dans le feu de l'action, il y a malheureusement parfois des bavures, des claques et des coups de matraque qui pleuvent sur les gens qui n'ont rien à voir avec les casseurs… »

À l'image, on vit quelques témoins plaider en faveur de la victime, puis le journaliste se fit l'écho de réactions politiques. Elles appelaient au calme.

Le cœur d'Éric accéléra sans qu'aucun autre signe ne révèle son angoisse qu'une mère comme Joëlle, en d'autres instants, aurait repérée. Ce matin-là, c'était ce lieu de crimes et de châtiments que Romain avait rejoint sans le savoir. Anna l'y protégeait-elle aussi bien qu'elle lui accordait chaque jour ses bons soins ?

— C'est n'importe quoi ! s'emporta Joëlle qui ne s'attardait pas sur les mêmes images, ces images qui ne manquaient pas d'horrifier le jeune homme.

Avec lourdeur, Éric portait fourchette à sa bouche. En toutes circonstances, il prenait la mort à son compte. Son évocation résonnait puissamment dans son corps ; plus exactement dans une partie de son cerveau qu'il savait désigner pour peu qu'on le lui demandât. Mais pudique, il n'en parlait à personne, jamais, paralysé par la densité de cette région cérébrale, cette part sombre de lui-même qui absorbait la noirceur des idées, des autres et des objets. Éric ne partageait pas sa nausée. Aucune parole, aucun vomissement ne l'en délivrait. Si tant est qu'il fût capable d'exprimer son sentiment, ses mots auraient démenti ceux par lequel se conclut le reportage : « Tout avait été prévu. Sauf ce qui a peut-être été un dérapage. Mais le dérapage est malheureusement, souvent, imprévisible. » Terrifié, Éric aurait voulu quitter la table, quitter sa mère et sa maison, enfourcher son vélo, pédaler jusqu'à la ville comme au premier jour, quand on le lui avait offert, pédaler quitte à s'essouffler pour toujours ou bien à ce qu'on ne le renverse, atteindre l'immeuble de son ami et patienter le temps que la nuit tombe, reconduise Romain à chez lui et l'écarte définitivement des dangers de la capitale. Mais, en dépit de l'héroïque tentation qui l'agitait, Éric attendit la fin du repas animé d'une seule politesse qui l'obligea malgré tout à confier, soumis à la question, qu'il ne se projetait pas plus loin qu'en fin d'année (ce qui était un aveu mensonger puisqu'il ne se projetterait pas avant que Romain ne revienne). Réduite à l'immensité de ses attentes, Joëlle se plut à recueillir ce qui était moins qu'une aspiration, mais plus qu'un silence.

Éric reprit pendant l'après-midi sa lecture des *Mystères de Paris* qui ne l'aiguillonna pas davantage. Ainsi imagina-t-il Rodolphe s'adresser à lui quand il lut cette réplique : « Pour toujours isolé du monde extérieur, tu seras forcé de regarder toujours en toi. »

*Tight toy night, streets were so bright*
*The world looked so thin between my bones and skin*
*There stood another person who was*
*a little surprised [...]*
*I fell right into the Arms of Venus de Milo*

*Venus*, Television

# 4

Le cortège s'était dispersé. Les façades relâchèrent la tension qui les avait tenues en garde tout le jour. De peur qu'elles n'assistent à la répétition du drame qui avait, la veille, perforé le cœur de la ville, les avenues avaient fermé leurs fenêtres et leurs volets. Certaines boutiques n'avaient pas ouvert ; à même le trottoir, à hauteur de foule et de ses incidents, elles avaient tiré leur rideau comme on ferme les yeux par frayeur, tandis que les étages supérieurs, habités, avaient surveillé les manifestations du coin de l'œil, rigides et peureux, impatients que la nuit n'entérine leur détente et ne recueille dans son bleu de Paris le jaune empourpré de leurs chambres. Une part d'intimité rejaillissait enfin. Cet habituel contraste renvoyait la ville à son immuabilité, sa grandeur, son éternité. La capitale se connaissait des couleurs que l'agitation de la journée avait pincées ; bien qu'abrupt, le coucher du soleil, naturellement, lui restituait ses lumières en parfait état.

Au-delà de ses enceintes, les cars de manifestants rejoignaient leurs autoroutes respectives. Au contraire de leurs passagers, les véhicules, n'ayant stationné qu'aux abords de la ville, n'avaient rien perdu de leur fiabilité matinale. Ils filaient droit bien qu'ils transportent fatigues et voix éteintes, corps endoloris par la marche mais allégés d'avoir fait masse. Il n'était pas concevable que les slogans que l'on avait assénés jusqu'à l'épuisement n'aient pas pesé. Les jours suivants confirmeraient probablement cette heureuse impression.

Tandis que le métro suspendait son service, l'autobus qui ramenait Mlle Colinot et sa classe s'arrêta à la station-service symétrique à celle que le groupe avait fréquentée le matin même. Les parents se regroupèrent autour du distributeur automatique à boissons, s'allumèrent leur cigarette ou, le cas échéant, réchauffèrent leurs mains autour des gobelets de café brûlant. Une forme de solidarité les maintenait en éveil. Ils habitaient non seulement le même coin, mais partageaient aussi des opinions politiques suffisamment fortes pour qu'ils s'autorisent, leur épuisement aidant, à approfondir leurs connivences. Ils n'hésitaient plus à faire publiquement état de leurs regrets : certains « se seraient bien passés d'élever leur dernier enfant » alors que d'autres s'exaspéraient de voir leur aîné « planter sa scolarité ». On y parlait ouvertement de « sacrifices » et de « déceptions », quand Mlle Colinot appela discrètement le rassemblement spontané à remonter dans le car, fière que ce déplacement fût à son initiative, et soucieuse que l'on témoigne de son bon déroulement auprès du proviseur.

Le car franchit le dernier péage après minuit. La décoration des ronds-points annonçait Noël, ce qui emporta les quelques passagers qui ne dormaient pas dans des pensées moins collectives que celles qu'ils avaient eues en ce jour de grève. En un sens, ils se retrouvaient, comme rassérénés de constater qu'ailleurs, plus loin de chez eux, plus loin d'eux-mêmes, tout n'était qu'affolement. Le chauffeur gara son véhicule devant le collège. Élèves et parents se réveillèrent en silence et se dispersèrent dans les rues que certains n'avaient jamais pratiquées si tard. Là où le moindre quartier de Paris connaît à chaque heure son piéton, les badauds de la bourgade, en cette nuit, vérifiaient la tranquillité parfaite au sein de laquelle eux-mêmes couchaient, pacifiques et sûrs qu'il y faisait bon vivre comme peu d'endroits le permettaient.

Cinéma, enseignes, lampadaires et derniers appartements éteints, le noir absorba finalement la ville en entier dans laquelle Éric, s'il avait décidé de pousser son vélo jusque-là, puis attendu, comme il l'avait fugitivement envisagé, n'aurait trouvé trace d'Anna et son fils, lovés quelque part où personne ne les rejoindrait.

*Last Christmas*
*I gave you my heart*
*But the very next day you gave it away*

*Last Christmas*, Wham

# 5

Michel planta le couteau dans la dinde que Joëlle avait achetée le matin même à la ferme voisine. Il découpa la bête avec fierté. Il répartit les morceaux entre Joëlle, Fabrice, Éric et Nathalie qui n'aimait plus la viande depuis qu'elle avait surpris son père en train de décapiter une poule du jardin.

— T'as bien raison, dit Éric en attaquant son morceau. Moi aussi ça me dégoûte…

— T'adores ça ! contesta Joëlle.

— N'empêche. On n'est pas obligé de vivre comme des barbares…

— Si tu t'y prenais mieux…, lui reprocha Michel.

— Si je m'y prenais mieux tu serais pas là pour m'engueuler ! cria Éric qui s'enferma dans sa chambre.

C'était la première fois qu'il s'en prenait si ouvertement à son père. D'ordinaire, il répondait aux reproches par un silence qui excitait la colère de ses parents. Il attendait qu'on le dégage. C'était chaque fois la preuve de son innocence. Mais en ce soir de réveillon, il se sentait plus coupable que les autres jours.

Il n'avait pas vu Romain depuis deux semaines. Suite à sa virée parisienne, son plus grand ami n'avait pas repris les cours. Pourtant, Éric avait obtenu la confirmation auprès des autres élèves qu'Anna et son fils, bien qu'on ne les ait pas vus parmi les manifestants, avaient emprunté le car du retour. Aucun signe ne les distinguant du groupe, ils avaient regagné leur domicile aussi fatigués que les autres. Peut-être semblaient-ils imperceptiblement plus réjouis que l'équipée, mais comment s'en assurer ? Et qu'eût expliqué cette joie, sinon qu'il était fort probable que Paris, à leurs yeux, fût une destination particulière, chargée de souvenirs ou de promesses qui n'appartenaient qu'à eux ? Quant à leur absence dans le cortège, qu'en dire ? Ils n'étaient pas non plus les seuls à s'être égarés. À la télévision, les images l'avaient prouvé : les manifestants s'étaient comptés par milliers, les groupes se disloquant et les parents veillant à ne pas perdre leurs enfants.

Éric avait appelé chez Romain. Il ne s'étonna pas : depuis l'automne, quand son ami s'était absenté quelques jours, Éric savait que personne ne répondait. Il laissa néanmoins trois messages. Le premier demandait des nouvelles. Le deuxième s'inquiétait. Le troisième annonçait qu'il ne rappellerait plus. Tenant parole, même si la peur le tenaillait, Éric n'avait pas décroché son téléphone.

Seul dans sa chambre, il prêtait à son ami mille raisons de ne pas rappeler. Mais aucune ne le contentait. Une fois encore, Éric était déçu. Une déception au fond de laquelle stagnait la crasse d'une amitié sans lendemain et le virus d'un détachement certain ; jusqu'alors, Éric s'imaginait à même d'éviter la méfiance que les adultes, résignés, installent devant chaque être. Il semblait néanmoins, se référant à sa fébrilité, que cette précaution ait une utilité. Elle gâchait le fantasme d'une amitié pure, dégagée des doutes, des rivalités qui bloquent le cœur, mais elle empêchait simultanément de souffrir.

Sans ami pour lequel pleurer, Éric n'aurait pas quitté la table, malheureux de concevoir le bonheur comme un cadeau que l'on offre sans intention.

Dix heures approchant, il entendit toquer. Il ne répondit pas, fidèle à sa tristesse, mais Fabrice se permit toutefois d'entrer à pas lents. La chambre était parfaitement rangée, d'une austérité prête à dissuader tout enfant d'y coucher. Le seul poster qui tentait d'égayer les murs jaunis était la photo punaisée d'un coucher de soleil dégoulinant de couleurs. L'astre éventré par un nuage effilé tombait dans une mer calme, souffre-douleur d'une nature qui étouffait soncri, parfait symbole des jours et des amitiés qui se meurent, cliché dégoûtant du temps qui passe, sadique et machinal.

— C'est à cause de Romain ? hasarda Fabrice.

— Qui ? fit répéter Éric qui avait jusqu'alors maintenu son amitié secrète.

— Le frère de Jérémy…

— …

— Je le connais de la caserne. Il est venu me voir. Il m'a dit que vous étiez très potes, mais que c'était toujours très compliqué d'être ami avec son frère. Il fait de la musique, ce Romain ?

— Paraît…

Par expérience, Fabrice sut immédiatement qu'il visait juste. Le nom de Romain retentissait tout près du cœur d'Éric, quelques centimètres en dessous, dans un trou noir pareil à ceux que la science observe dans le ciel, étudie, mais peine comme un simple homme à comprendre.

— Alors, qu'est-ce qu'il t'a dit ce Jérémy ? lança Éric.

— Que Romain t'aimait beaucoup…

— Tu parles !

— Comprends-le, insista Fabrice posant sa main sur l'épaule de son frère. Ce n'est pas facile pour lui non plus. Imagine que tu doives quitter tes repères, changer d'école, tout recommencer…

— C'est du passé maintenant ! objecta Éric qui, soucieux de son ami, avait justement veillé à ne jamais rien lui imposer.

— Je pensais que t'étais au courant, expira Fabrice. Je suis désolé. Sa famille déménage. Romain part avec eux.

*Don't set me free*
*Don't keep me waiting*
*Don't set me free*
*Distract me please*

*Boys-Boys*, Marquis de Sade

# 6

Nathalie s'était si longtemps répétée qu'il fallait se lever tôt qu'elle réveilla la famille avant le cri du coq. Pour elle, Noël demeurait un jour infiniment précieux. D'une certaine façon, celui-ci valait tous les autres et la récompensait de s'être, ces derniers temps, tenue particulièrement sage, ou d'avoir, la veille au soir, dans un ultime effort, goûté la dinde. Le chantage aux cadeaux lui coûtait. Il pouvait intervenir n'importe où, n'importe quand, risquant de détruire l'attention que l'on avait jusqu'alors portée à sa gentillesse. Aussi, quand elle découvrit les paquets au pied du sapin, elle jalousa son frère qu'elle avait arraché à son lit. De quoi crier à l'injustice : un cadeau était au nom d'Éric.

— T'étais méchant hier ! jugea Nathalie qui manifestait une certaine férocité à déchirer du papier d'emballage.

— Tu verras quand tu seras grande, répondit laconiquement son frère qui, malgré sa crise, avait rejoint la table quand Joëlle avait servi la bûche.

« Fais l'effort », avait demandé Fabrice à son frère.

« Fais l'effort », avait demandé Joëlle à son mari de peur qu'il ne s'énerve à nouveau.

« Fais l'effort », avait demandé Michel à Nathalie afin qu'elle goûte à son assiette.

« Fais l'effort », encore une fois, s'était dit Fabrice plutôt que d'abandonner la famille à ses discordes.

Ce dernier s'était endormi au-dessus de son frère, tout aussi groggy que lui, mais il se réveilla léger du devoir accompli, satisfait du calme revenu. Bien qu'agacés par l'insistance de Nathalie qui avait toqué plusieurs fois à leur porte, Joëlle souriait, Michel aussi, reportant tous deux leur irritabilité à des lendemains plus ordinaires. Il avait suffi que Fabrice, avant qu'il ne retrouve Éric dans sa chambre, obtienne la mainmise provisoire sur l'éducation de son frère pour que Joëlle et Michel, déchargés de leur autorité, accueillent les remerciements de leurs enfants d'une émotion qu'ils ne se connaissaient plus.

— Dommage qu'il ne fasse pas plus beau…, regretta Joëlle en préparant le petit déjeuner.

— Il fera beau demain, affirma Fabrice.

— Tu seras déjà parti…

— C'est un reproche ?

Prise en défaut, Joëlle s'excusa d'un sourire, gênée que Fabrice, lui ôtant son droit de colère, la mette à nu.

Éric, péniblement joyeux, déballait le nouveau walkman que ses parents lui avaient acheté. Il n'avait pas reçu de plus beau cadeau depuis son vélo d'occasion – ce qui, en regard de la dureté des liens qu'il entretenait avec ses parents, ne manquait pas de le déstabiliser. Leur jeu n'était pas clair. Éric ne savait plus ce qu'on attendait de lui ni quel sentiment déterminait quelle attention. Le récompensait-on de se laisser faire ? S'attablant à ses côtés, Fabrice l'encouragea à se réjouir. Il suffisait de séparer ses chagrins... Mais l'aîné n'insista pas, préférant réserver cette discussion pour la balade qu'il proposa à son frère.

— J'ai promis à ta mère de faire des courses pour ce soir. Tu m'accompagnes ?

Devinant qu'ils expédieraient comme à leur habitude leurs achats pour prolonger leur sortie par un détour par le lac, inaccessible en bicyclette, Éric accepta d'emblée la proposition, décidé à ne pas demander l'aval de ses parents, puis il quitta la table et fila sous la douche.

Lavé, habillé, il s'allongea sur son lit en réécoutant comme un adieu la cassette que Romain lui avait enregistrée. Pendant que Fabrice se préparait à son tour, la voix de son ancien ami lui parvenait aussi bien qu'en ces heures où il écoutait jouer Romain dans sa chambre. Là où son ancien walkman se contentait de déchiffrer une bande magnétique, son nouveau matériel restituait leur proximité défunte, et certainement plus encore, tels les contours d'un sentiment.

Fabrice toqua à la porte :

— Tu viens ?

Éric appuya sur la touche « stop », enfila ses chaussures, prit son manteau et tous deux quittèrent la maison, heureux de reformer le duo qui les rendait à eux-mêmes, joviaux et sincères car détachés des choses et du reste de la vie.

*Les nuages se pressent et les étoiles filent,*
*Demain est presque là, éclaire une autre ville*

*Promesses*, Étienne Daho

# 7

Direction la ville. Des voitures en provenance de régions limitrophes encombraient la route. À chaque véhicule sa famille, père au volant, aïeul à la place du mort, femme et enfants derrière.

On avait trop mangé la veille au soir. On se sentait gras. On effectuait son trajet annuel se promettant qu'aux prochaines fêtes, on économiserait de son essence et de son énergie. Plus que le déjeuner dont l'heure approchait, on redoutait le retour chez soi, en fin d'après-midi, ivre et fatigué, à peine soulagé de s'être extirpé d'un repas sans faim, tout juste content d'avoir, dans un regain de courage, refusé l'invitation à dîner sur place. Les habitacles renfermaient nombre de tabous qui, de l'amour familial à la chrétienté, envenimaient le silence que l'on préférait à la diversion. On ouvrait, fermait, rouvrait les fenêtres à la force de son bras : le confort immédiat des passagers, seul, bénéficiant d'une voix au chapitre.

Le silence qu'entretenaient Éric et Fabrice différait par sa qualité de celui des autres voitures : le mutisme de Fabrice s'approchait du recueillement et celui d'Éric s'apparentait à de l'hébétude. Le départ annoncé de Romain coupait court à de si brefs et beaux jours qu'aucune maturité, aucun âge, imaginait-il, ne permettraient de négocier la douleur que leur fin provoquait en son corps d'adolescent gaillard.

— Pourquoi t'es jamais parti d'ici, toi ? demanda Éric à Fabrice qui prévoyait ouvertement de rester dans le coin tant que son travail le lui permettrait.

— Qu'est-ce que tu voudrais que je fasse ailleurs ?

Ils croisèrent la pancarte sur laquelle était inscrit le nom de leur ville d'attache. C'était la première fois qu'Éric le remarquait. Il n'habitait pas la localité proprement dite, mais son appellation servait de référence quand on quittait les environs et qu'il fallait se présenter... Lui revint alors en mémoire ses séjours à la mer, dont le dernier datait, et sa question adjacente : d'où tu viens ? Et de répondre chaque fois la même approximation... le nom de cette ville qu'il n'aimait pas. Ce mensonge décevant dont Romain, dorénavant, se dispenserait.

— Pour ton pote, c'est différent..., ajouta Fabrice qui veillait à ne pas dire « ton ami » car il ne l'était peut-être plus, ni n'osait le désigner par son prénom, car telle était la question : de quel Romain parlait-on ? Le jeune homme qu'on avait découvert ne ressemblait pas à celui qui s'en allait. Le premier n'avait peur de rien, le second se défaussait, préférant se terrer plutôt que d'affronter les réactions que son départ déclencherait. L'apprenti chanteur pouvait toujours envisager de se produire en public, de répondre aux questions que l'on réserve aux vedettes ou d'accepter les hommages qui couronneraient tôt ou tard son acharnement musical… Romain ne brillait plus dans les yeux d'Éric. Il avait perdu son premier public. Ses prochains adorateurs n'auront qu'à se méfier, se dit Éric en détachant sa ceinture.

Les files d'attente devant les quelques magasins ouverts en ce jour férié s'étiraient sur les trottoirs. Les clients repartaient baguettes et bûches sous le bras. Personne n'échappait à la tradition, si bien qu'Éric imaginait à contrecœur surprendre Anna ou Jean-Marc auxquels il ne saurait souhaiter de joyeuses fêtes. Dépassé par sa rancune, il préféra baisser la tête en attendant que Fabrice passe à la caisse et l'extirpe de cette ville minuscule.

La voiture n'avait pas refroidi. Le moteur démarra facilement. Fabrice s'engagea sur le chemin de la maison, mais, lorsque leur demeure apparût, il continua tout droit, tournant la tête vers son frère, complice, signifiant par là qu'il n'avait pas oublié le véritable but de leur virée.

— L'année prochaine, il est possible que tu partes à ton tour…, lança Fabrice à son frère qui, momentanément extrait d'une longue journée, esquissa son premier sourire depuis qu'il avait appris le départ imminent de son camarade.

— Faut qu'ils acceptent…, espéra Éric invoquant ses parents.

— Faut qu'ils acceptent…, accorda Fabrice d'une étrange légèreté.

— Regarde : toi, t'as fait ton lycée ici…, argua Éric. Y'a aucune raison qu'ils me laissent partir.

— Tu sais quoi ? lança son frère alors qu'il bifurquait sur la départementale qui menait au lac. Ça me fait de la peine que tu sous-estimes le pouvoir de ton grand frère…

*When the routine bites hard*
*And ambitions are low*
*And the resentment rides high*
*But emotions won't grow*

*Love will tear us apart*, Joy Division

# 8

Joëlle avait nettoyé la table où la famille avait beurré ses tartines. Michel avait rapporté du garage assez de bois pour chauffer la maison jusqu'au soir. Nathalie avait présenté sa nouvelle poupée aux doyennes. Apparemment, ces dernières n'avaient pas apprécié l'apparition d'une rivale : elles boudaient dans leur coin, malheureuses et jalouses, muses de plastique usé, tristement célibataires, bientôt vieilles filles. Seule Nathalie était en droit d'attendre son prince, mais la petite fille, d'après ce qu'elle confiait à sa poupée neuve, méprisait les garçons. Ils étaient méchants, à l'exemple d'Éric et Fabrice qui l'avaient abandonnée à sa chambre.

Cela faisait plus d'une heure que les garçons étaient partis. Michel lisait le journal de la veille et Joëlle, qui ne s'asseyait jamais, regardait son mari faire.

— Qu'est-ce qu'ils disent ? lui demanda-t-elle.

— Pas grand-chose. C'est les fêtes. Le beau temps revient.

— Je t'ai déjà dit que ça valait pas le coup de le prendre, se vengea-t-elle des magazines féminins qu'elle s'interdisait d'acheter.

— Faut bien se tenir au courant...

— ...

— Tu devrais être contente : ça fait toujours du papier pour démarrer la cheminée...

— Peut-être, mais ça fait cher le chauffage !

— Arrête de penser à l'argent, reprocha Michel à Joëlle. Tes fistons te payeront une bonne retraite.

— C'est pas gagné... À ce que m'a dit Fabrice, Éric veut s'inscrire en lycée professionnel... Tu parles d'une retraite ! On sera déjà ruiné avant de voir venir le premier centime !

— S'il sait déjà ce qu'il veut faire...

— Même pas !

Le téléphone sonna. Emportée par son laïus, Joëlle se leva sans émettre d'hypothèse quant à l'auteur de cet appel.

— La seule idée qu'il a c'est de partir ! lança-t-elle à son mari en décrochant le combiné.

Sa femme s'étant servie du téléphone comme bon prétexte pour l'empêcher de répondre, Michel n'affirma pas, comme il en était convaincu, qu'Éric était en âge, enfin, de choisir une orientation à sa vie, qu'un éloignement du foyer ne lui serait en aucun cas néfaste et qu'il regrettait le départ si tardif de Fabrice qui avait attendu l'armée pour mûrir, devenir un homme, mais il reprit sa lecture. Page après page, rien de neuf. Après le beau temps qui revenait, reviendrait probablement la pluie.

— Je lui dirai..., dit Joëlle. Joyeux Noël à toi aussi..., entendit Jean-Marc qui referma son journal en même temps que Joëlle raccrocha.

— C'était qui ?

— Un certain Romain. Un copain d'Éric apparemment.

— Il en a jamais parlé ? s'assura Michel.

— Je sais..., expira Joëlle. Je sais..., répéta-t-elle aussi fatiguée que déçue d'échouer chaque fois qu'elle tentait de comprendre son second fils qu'elle n'aimait pas d'un amour second, qu'elle aimait sincèrement mais dans l'ombre de cette lumière que lui renvoyait Fabrice qui, le premier, avait fidèlement incarné l'homme à plaire, le précieux gendre et l'enfant qu'on envie.

Éric et Joëlle n'étaient pas complices. Noter que le garçon lui cachait son ambition ou de nouvelles amitiés renforçait un sentiment d'échec qu'elle se promit d'infirmer. Les prochains mois détermineraient leur relation pour les années à venir.

— Alors, ce tour en ville ? s'enquit Joëlle avant même que ses fistons n'aient retiré leurs blousons.

— On est allé jusqu'au lac..., dit Fabrice.

— Je n'y suis jamais retournée..., déclara Joëlle comme on prend parti, faisant ainsi allusion à ce fait divers qui, dix ans plus tard, émouvait encore la région : on y avait découvert le cadavre d'un enfant.

— Quelle horreur ! insista-t-elle encore, forçant légèrement son indignation afin qu'on la rassure ; elle n'était pas cette monstrueuse mère qui semait ses enfants dans la nature.

Toutefois, ni Fabrice ni Michel ne jugèrent nécessaire de répondre. Évidemment qu'elle n'était pas cette tueuse qu'elle décrivait en creux, mais ils ne s'étaient jamais sentis légitimes d'accuser les parents de la victime que la justice avait d'emblée disculpés. En d'autres temps, Éric se serait moqué de sa mère… Pour lui, crier au loup était également une façon de justifier l'isolement qu'elle revendiquait à longueur de temps. La manigance l'exaspérait. Il tourna les talons en direction de sa chambre.

— Éric ! apostropha Joëlle.

— Quoi ?

— Un certain Romain a appelé. Je lui ai dit que tu le rappellerais.

*What good is a color print of a little baby doll ?*
*When just one little glance is enough*
*to make me feel dull*

*A photograph of you*, Depeche Mode

# 9

Éric n'était pas le prince charmant que les poupées de sa sœur attendaient. Quand l'une d'elles s'aventurait sur son lit, le garçon n'hésitait pas à la jeter nonchalamment sur celui de Nathalie.

— Vivement que tu passes à autre chose, dit Éric en découvrant sa cadette peigner son nouveau jouet. Ou branche-toi sur des études de coiffure, rigola-t-il aux dépens de sa sœur qui ne maniait pas suffisamment bien le langage pour comprendre ces phrases ironiques et lâchées.

Le garçon s'assit, emprunta l'oreiller de son frère qu'il plaça sur le sien, se déchaussa, allongea ses jambes, buste relevé, plaça ses mains derrière la tête, bras écartés, ferma les yeux, s'imagina profiter d'un soleil d'été puis les rouvrit, abruti par le coup de fil de Romain et les sentiments contradictoires que cet appel ravivait en lui.

Il méritait qu'on ne lui parle plus. C'était la deuxième fois qu'il disparaissait brusquement. Et la dernière, sans doute, puisqu'il démenageait. Intérieurement, Éric construisait sa vengeance : l'air de rien, il le rappellerait, accepterait qu'ils se revoient, prévoirait un après-midi en sa compagnie, passerait chez lui quelques minutes, cachant ce qu'il savait et s'en irait tout à coup. Il prétexterait l'oubli d'un rendez-vous, une course urgente, le plus gros mensonge possible qu'il prononcerait avec aisance afin de lui prouver son détachement.

— Pourquoi tu me regardes ? râla Nathalie.

— Je te regarde pas. Je pense.

— Tu penses à qui ?

— À personne. Je pense à quelque chose, se défendit Éric qui, malgré son résistant mensonge à propos de Thomas, savait qu'il succombait toujours à la pression qu'exerçait la vérité.

Nathalie disait vrai. Il ne pensait effectivement pas à quelque chose, mais à quelqu'un.

Quand les garçons seraient face à face, Romain lirait en Éric aussi facilement que sa petite sœur lisait en lui. Mettre en scène un semblant de détachement revenait à dénuder sa douleur. C'était pire. C'était s'aplatir, manquer de courage. C'était détruire l'estime que l'on porte à soi-même, celle qui génère l'estime que les autres, en retour, nous allouent.

Si Nathalie lui avait reposé sa question à cet instant-là, Éric n'aurait pas menti en affirmant penser, enfin, à quelque chose, étourdi par la complexité du cœur et des rapports humains qu'il abordait plus sensiblement qu'hier, emprunt de cet orgueil adolescent qui renie l'enfant aveugle que l'on était jusqu'alors et l'arrogant adulte que l'on détesterait devenir, indigné du mépris que l'on inspire aux plus âgés que soi, pour la plupart repliés sur l'expérience de leur âge qui, à les voir, éveille la peur du lendemain, l'appréhension de l'inédit, le rejet de tout événement, toute relation, tout objet qui n'auraient pas de contours prédéfinis, territoires inexplorés donc inexplorables, comme si les rides attaquaient leur visage en contrepartie de cette vie qu'ils ne creusaient plus, satisfaits de sa maigreur, de son train-train, de son immobilité.

— À quoi tu penses alors ? relança Nathalie.

— À la fenêtre.

— Pourquoi ?

— Parce que tu vas passer au travers si tu continues à me poser des questions, lui répondit Éric.

Nathalie lâcha sa poupée, s'enfuit de la chambre en pleurs et claqua la porte. Ses larmes accusaient encore une fois Éric de soumettre la maison à ses poussées d'humeur, rêvant qu'on le dégage avant qu'il ne parte de lui-même. Attendant les réactions que provoquerait la colère de Nathalie, Éric ne bougea pas de son lit, paré pour affronter la violence que ses parents lui renverraient, mais il lui sembla, minute après minute, que personne ne viendrait le chercher.

La porte demeura en effet close sans que le jeune homme n'attribue d'exacte signification à cette nouvelle indifférence. Le considérait-on d'ores et déjà sur le départ ? Ses parents lui réservaient-ils une punition d'autant plus sévère qu'ils différaient leur sentence ou pariaient-ils que cette forme de désintérêt confronte leur fils à ses responsabilités ?

Ce silence lui plaisait. Occupé à ne rien faire, libéré d'un avenir qui, à condition qu'il décroche son brevet, s'annonçait moins écrasant que prévu, il modéra sa rancœur envers Romain. Il serait dorénavant capable de le revoir sans arrière-pensée. Il profiterait de sa présence jusqu'à leur dernier au revoir.

*It's so hard to get old without a cause*
*I don't want to perish like a fading horse*
*Youth's like diamonds in the sun*
*And diamonds are forever*

*Forever young,* Alphaville

# 10

— C'est de la qualité professionnelle !

Dans la voiture qui les conduisait au lac, Romain vantait la caméra qu'on lui avait offerte à Noël. Son père avait longtemps pensé qu'aucun garçon de son âge ne méritait un tel cadeau, mais Anna avait insisté, prétextant qu'il s'en servirait à des fins strictement artistiques. Tous les groupes s'emparaient de la vidéo qui, depuis quelque temps déjà, promouvait la modernité. C'est essentiel pour sa carrière, avait-elle argumenté. Sans ça, il ne se fera jamais connaître... D'abord sceptique, Jean-Marc s'était jugé dépassé par l'époque. Il avait donné son accord. Il ne le regrettait pas : à la réflexion, ce cadeau attestait pour la première fois, facilement mais qu'importe, la bonté qu'Anna et Romain ne lui reconnaissaient pas.

— Je te jure : si tu t'appliques un peu, tu fais même pas la différence avec les vrais clips, jura l'apprenti chanteur à son camarade qui, jusqu'au bout, s'était promis de jouer le jeu de leur amitié.

Regarde, Éric ! Y'a personne... Ça va être génial ! s'enthousiasma Romain quand Anna coupa le moteur.

— Vous n'oubliez pas, les garçons : on se retrouve ici à cinq heures pile.

— D'accord, Anna, gloussa Romain.

Les deux compères endossèrent leurs sacs et s'éloignèrent. Anna les guetta quelques secondes. Fière de son indéfectible amour et de ses preuves quotidiennes, elle repartit, étrangement confiante en la surveillance que simulait la caméra que les garçons transportaient.

— Je l'ai déjà essayée. On a tourné une scène de guerre avec Jérémy. Il était en uniforme.

— Vous aviez des armes ?

— On a demandé au voisin de nous prêter son fusil.

— Sérieux ?

— Il adore mon frère... Mais on n'avait pas de balles, faut pas déconner !

— Ils ont dit quoi tes parents ?

— On l'a fait en cachette... De toute façon, qu'est-ce que tu veux qu'ils disent ? C'est du cinéma ! s'exclama Romain.

Éric voulut calmer les ardeurs de son ami en lui rappelant que tout n'était pas cinéma. L'absence, les armes et les adieux blessaient pour de vrai. Il se retint néanmoins : en une semaine, depuis sa balade avec Fabrice, ce paysage qu'il affectionnait particulièrement n'avait pas changé, ce qu'il interpréta comme un ordre. Ensommeillés, patients, les arbres et l'eau le commandaient de suivre la raison qu'il s'était faite, à savoir ne rien gâcher de ces derniers jours d'hiver et d'amitié. D'ailleurs, il demeurait un moyen de lui signifier la même chose sans en passer par des reproches :

— Tu sais qu'il s'est passé un truc terrible ici...

— Anna m'a dit..., le coupa Romain.

— Et ça lui fait rien de savoir qu'on vient là ?

— C'est de l'histoire ancienne. Et puis on est deux.

— Je lui ai pas dit, moi, à ma mère. Elle a horreur de cet endroit. Je viens là qu'avec Fabrice. On fait le tour du lac pendant qu'il me raconte ses histoires, dit Éric, son frère étant l'un des seuls éléments de sa vie qu'il croyait, par rapprochement avec Jérémy, en mesure d'exciter la curiosité de Romain.

— Jérémy m'a dit qu'ils étaient dans la même caserne, rapporta Romain qui sous-entendait donc avoir évoqué leur amitié.

— Ouais. C'est marrant comme coïncidence, ajouta Éric qui, au vu de ce que leurs grands frères s'étaient dits, ne s'était en aucun cas amusé de ce hasard.

Ils marchèrent jusqu'au seul ponton du lac. À cet endroit, le chemin s'éloignait de la rive. Il dessinait une clairière où les garçons installèrent leur base. Romain déplia deux nattes et déballa son matériel vidéo tandis qu'Éric se chargea de ramasser des pierres et du petit bois. Le feu servirait aussi bien à les réchauffer que de décor.

Quand Éric avait rappelé Romain, ce dernier lui avait demandé d'emblée de l'aider à réaliser son premier clip. Éric avait alors pensé que leurs retrouvailles en seraient facilitées.

Éric ne se le formulait pas ainsi, mais il appréhendait cet après-midi de la même façon que l'on rattrape souvent, in extremis, lorsque la chance n'en lègue pas, la trace d'une relation, de ce que l'on fut aux yeux de l'autre, ou, autrement dit, un dernier et fugitif symbole de ses limites en lambeaux, épuisées d'avoir été franchies par un amour trop puissant. Éric savait d'instinct qu'une telle collaboration résumerait de façon peut-être mensongère, mais salutaire, l'inexplicable lien qui l'unissait à Romain – lien qui souffrait jusqu'alors, à ses dépens, de n'exister qu'entre l'absence et le trop-plein.

Les deux garçons s'accordèrent à reporter leur déjeuner. Les sandwichs que leur avait préparés Anna attendraient qu'ils aient filmé de premières images que le soleil au sommet de sa trajectoire favorisait.

— Marche au bord du lac en chantant a cappella, indiqua Éric qui portait la caméra en bandoulière.

Elle était raccordée à un magnétoscope portable qu'il avait accroché à sa ceinture.

— C'est pas trop lourd ?

— T'inquiète... J'enclenche la musique quand t'es prêt. Pense à ton personnage... Un mec déprimé qui sort d'une fête... Il a pas dormi... Il est mal dans sa peau... Il a bu trop d'alcool... Il a pris trop de drogue... Il chante son désespoir... OK ?

— Prêt !

Éric avait posé la stéréo à ses pieds. Il avait réglé le volume à fond afin que la musique leur parvienne quand Romain s'avancerait dans l'eau.

Quand il eut vérifié le calage des cassettes audio et vidéo, il appuya sur la touche « lecture » de son poste et se servit des quelques secondes de blanc sur la piste pour démarrer sa caméra.

— Ça tourne ! Marche comme si t'étais dégoûté, commandait Éric pendant que son ami chantait par-dessus sa propre voix qu'on entendait dans le poste. Articule moins… On s'en fout puisque c'est un play-back… Avance… Arrête-toi au bord du lac… Très bien… Attend le prochain refrain pour trébucher… Je te donne le top : maintenant ! Avance encore dans l'eau jusqu'à ce que t'aies plus pied… Respire… Coule…

Le play-back continuait de jouer pendant qu'Éric appréciait dans le viseur l'image d'un lac scintillant, tombeau doré d'un jeune homme qui ne croirait jamais plus en son étoile.

# Troisième trimestre

*A + B = C*
*Ce n'est pas vrai*
*Toi et moi*
*Ça n'a rien donné*

*A + B = C*, Mathématiques Modernes

# 1

Éric rendit copie blanche. Les épreuves préparatoires au brevet portaient décidément bien leur nom d'épreuve qui, depuis des semaines, correspondait à ce que le jeune garçon ressentait dès qu'il fallait se réveiller, quitter son lit, partir pour l'école, éviter le regard accusateur de Thomas, descendre du car, esquiver ses camarades, monter les marches, se mettre en rang, entrer dans la classe et rejoindre son dernier rang. Il s'asseyait pesamment. Coude sur la table, sa main droite soutenait sa tête jusqu'à midi, puis, après la cantine, jusqu'à la fin des cours. Quand la dernière sonnerie retentissait, Éric rapatriait son corps à la maison. Il passait prendre Nathalie à son école et reprenait le car aux amortisseurs fatigués, s'y endormait parfois, bercé par le roulis, et descendait, réveillé par sa petite sœur, à quelques mètres de chez lui. Il ouvrait le portique repeint l'été précédent par son père, piétinait le carré d'herbe qui séparait la maison de la route, toquait, attendait douloureusement qu'on vienne lui ouvrir, grognait contre l'habitude qu'avait Joëlle de fermer la porte à double tour, frottait ses pieds sur le paillasson, embrassait sa mère une fois son blouson suspendu au portemanteau et ses chaussures alignées à côté de celles de sa famille, traînait son sac jusqu'à sa chambre, l'abandonnait au pied de son bureau et s'allongeait sur son lit, épuisé d'échapper à ses propres pensées, incapable de réflexion, imperméable aux souvenirs – le dernier datant d'un certain après-midi qu'il s'obligeait à négliger. Il s'endormait à nouveau. Nathalie n'osait plus le déranger. Elle jouait en silence et n'interpellait son frère qu'à l'heure du souper. Éric s'astreignait à manger mais quittait la table au dessert. Prétexte pour ne pas débarrasser la table et redoubler ainsi l'effort de se tenir debout, ses devoirs l'attendaient. Il regagnait donc sa chambre, ouvrait des livres qu'il ne lisait pas et des cahiers dans lesquels il n'écrivait pas, selon cette indifférence qui, parmi les seuls phénomènes qu'Éric demeurait capable d'apprécier, engendrait l'indifférence.

Ainsi, Mlle Colinot releva la copie du garçon sans maudire son manque de courage ni questionner le jeune homme ; les raisons de son renoncement étaient sues de tous. Il n'y avait qu'à s'incliner devant elles. Au mieux, comprendre les circonstances précises du drame qui avait eu lieu. À cet égard, l'enquête avait été confiée à qui de droit. Les conclusions seraient bientôt rendues. Il fallait attendre... Quoiqu'aucun dénouement n'était à prévoir. Le fait divers avait inclus sa propre fin.

— Tu m'obliges à te mettre zéro..., déclara l'enseignante à son élève qui plia ses affaires et sortit de la salle, détruit par la note que la simple mention de son nom, écrit soigneusement en haut de sa feuille, méritait à ses yeux qu'on lui attribuât.

Dans le couloir, pour un peu de paix, Éric hésita entre un passage à l'infirmerie et la cachette des fumeurs. Il opta pour le dernier étage, protégé des rumeurs de la cour, de ces élèves joueurs ou volubiles car aussi jeunes qu'insouciants, dégagés des drames par chance, égoïsme ou pudeur. Éric ne réclamait pas de compassion. Toutefois, s'il en existait une, celle-ci ne viendrait pas de ses camarades qu'il avait appris à détester.

Sous les toits, à l'écart d'un groupe d'élèves indociles qui en grillait une, Éric s'assit, walkman sur les oreilles, et ferma les yeux, terrassé par la vie qui reprenait, déçu que le chagrin fût moins fort que la mort.

Il aurait tant aimé disparaître. Alors que les faits avaient démontré qu'il était si facile d'en finir, et que son cœur éprouvait le présent comme un effort désolant, Éric se serait tué pour mourir.

*Forever young* ne le consolait pas. *Duel au soleil* non plus. Quant à la voix de Romain, il lui était impensable de l'entendre à nouveau. À quoi sert cette foutue musique ? se demanda-t-il alors que débuta *Boys don't cry* des Cure qu'il ne se souvenait plus avoir enregistrée à la radio, et qu'il redécouvrait donc par hasard, d'une oreille qu'il avait entre-temps exercée. À la fin du morceau, il rembobina sa cassette et réécouta le titre une fois, deux fois, trois fois. La chanson ne s'épuisait pas. Elle portait en ses arrangements une lumière qui le tiendrait en éveil jusqu'à la mort, pensait-il, quand une main se posa sur son épaule. Éric releva la tête : le surveillant principal ferait de lui sa victime.

*How can they look into my eyes*
*And still they don't believe me ?*

*The boy with the thorn in his side*, The Smiths

# 2

— J'espère que tu n'es pas en train de fuguer...

Éric fit signe que non, ce qui n'était ni vrai ni faux. Le surveillant principal l'avait menacé d'exclusion, prévenu qu'il convoquerait ses parents puis l'avait invité à rejoindre sa classe. N'ayant plus rien à perdre, Éric profita de cette heure où, les élèves en classe, les couloirs échappaient à toute surveillance pour approcher la sortie, attendre que le gardien s'absente momentanément de son poste, tromper sa vigilance et s'enfuir par la grande porte. Certain qu'on le renverrait pour quelques jours, il n'estimait cependant pas enfreindre le règlement. Il devançait seulement la sentence que l'on prononcerait à son encontre.

Il avait couru quelques mètres et il ralentit son pas dès qu'il s'engagea dans la première perpendiculaire. Il se savait hors de portée et maîtrisait suffisamment le plan de la ville pour détaler au cas où l'un de ses professeurs le surprît.

— T'es pas bavard…, constata la conductrice qui avait daigné le ramasser à la sortie de la ville.

— Je suis fatigué…, s'exprima le garçon dont le cœur tressauta, hébété de formuler en des mots simples l'exacte émotion qui le maintenait en marge de lui-même.

— À ton âge… déjà fatigué…, sourit-elle en allumant la radio.

Un petit christ en bois, pendu au rétroviseur, se balançait selon la courbe des virages.

Éric eut une pensée pour Marie-Claude, femme de Paul, collègue de son père, qui fréquentait l'église. Cette dernière et l'inconnue qui le reconduisait chez lui se connaissaient peut-être, se dit-il sans en faire cas, renvoyant dos à dos ces gens que le deuil fascinait au point de se lier à travers lui.

— Je peux ? demanda Éric en indiquant la vitre passager.

— Bien sûr…

L'adolescent ouvrit la fenêtre. L'air s'engouffra dans ses cheveux qu'il ne coiffait plus. Fouettés par le vent, ses yeux offrirent à ses joues des larmes que sa tristesse ne savait plus fabriquer.

Il ne manquait pas de peine ; Éric la retenait néanmoins, supposant qu'il ne résisterait pas à son expulsion. Il redoutait ainsi les signes d'une guérison de peur qu'un nouvel allant n'autorise une ultime résurrection à sa douleur. Le cercle vicieux de sa déprime voulait qu'il lui soit plus paisible de maintenir son corps aux limites de l'atonie.

*Why the sun don't shine in the season*
*Grey sky surrounded me*

*Guilty Partner*, New Order

# 3

— Qu'est-ce que tu fais là ? s'indigna Joëlle.
— Un cours a sauté…, prétexta Éric.
— C'était pas le jour du brevet blanc ?
— Justement…, allégua le garçon.
— C'est pas plus mal qu'ils vous laissent un peu tranquilles…, concéda sa mère en le débarrassant de son blouson.

Puis le téléphone sonna. Saisi d'une idée noire, Éric se pétrifia, dos à sa mère qui, à peine distraite par le retour anticipé de son garçon, décrocha le combiné sans tarder.

— C'était ton proviseur. Il aimerait nous voir, dit-elle.

D'ordinaire avare en tendresse, Joëlle s'approcha de son fils, hésita entre une parole rassurante ou bien un geste réconfortant, et finit par l'enlacer comme elle ne l'avait pas fait depuis longtemps.

— C'est à propos de Romain.

*Why can't we be ourselves like we were yesterday ?*

*Bizarre Love Triangle*, New Order

# 4

Le gymnase renfermait une odeur si persistante de plastique que certains collégiens le croyaient encore, des années après sa construction, tout juste livré ; impression que les professeurs de sport instrumentalisaient, priant leurs classes de ne pas dégrader le matériel si récent au risque de se voir eux-mêmes, enseignants, punir par une autorité supérieure à l'administration du collège. Insidieusement, ils plaidaient l'idée qu'en regard de cette toute-puissance, particulièrement sévère bien qu'indéfinie, une certaine égalité les liait, ce que renforçait également le désintéressement que manifestaient les autres professeurs envers toute activité sportive. Forçant ainsi la complicité qu'entretiennent les individus de même condition, les professeurs de sport étaient généralement appréciés de leurs élèves. Tel était le cas de M. Montel.

Éric n'était pas dupe des stratégies pédagogiques qu'employait chaque professeur. Il s'en méfiait, notamment quand, peu sûres d'elles, ces manœuvres consistaient à quémander l'attention ou détournaient les sentiments collectifs. Or Éric avait observé, mois après mois, M. Montel adapter son discours en fonction de chaque élève. En dépit des suspicions d'hypocrisie que lui avait d'abord inspirées cette diplomatie, le garçon reconnaissait volontiers que rien n'entamait sa bienveillance. Une constance qui expliquait la résistante quoique discrète sympathie que ressentait Éric à l'égard de son professeur, quand bien même il n'éprouvait plus rien.

Éric était retourné en classe sans redouter les éventuelles conséquences de sa dernière échappée. La convocation prévue en fin d'après-midi le plaçait sous la seule autorité de son proviseur ; au cas où le surveillant général croiserait le garçon dans les couloirs, Éric n'aurait pas de compte à lui rendre. Tout se jouerait dans un bureau spacieux, confortable, silencieux, face à quelqu'un d'infiniment moins frustré et certainement plus compréhensif car à l'écart des bavardages et libéré des objectifs de rendement. En effet, Éric envisageait pour la première fois depuis longtemps qu'une journée de cours fût seulement tenable. Sans Romain, les dernières s'étaient accumulées comme Éric s'imaginait que le temps passe en prison, quand les semaines se résument à des traits que l'on griffonne sur un mur qui, peu à peu noirci, ne subsistera jamais qu'en tant que mur, fixe et droit.

La barre au-dessus de laquelle chacun devait sauter semblait, elle aussi, hors d'atteinte. Après l'appel, la classe s'était échauffée, faisant plusieurs fois le tour du gymnase en courant. Désormais alignés, les élèves s'élançaient l'un après l'autre, soulevaient leur corps, le plus haut possible, effectuant pour les meilleurs une rotation en vol afin de franchir la barre sur le dos. Ce dernier mouvement n'était qu'une option, mais M. Montel la tenait pour une allégorie de la vie, signifiant par là qu'aucun événement, qu'aucun individu, qu'aucune chose ne méritait d'approche univoque. Toutefois, force était de constater qu'une infime poignée d'élèves se montrait capable d'aborder la barre indifféremment sur le ventre ou le dos.

Quelque part dans la file, Éric appréhendait son passage. Tandis que ses camarades partageaient leurs impressions d'avant l'épreuve, le garçon dissimulait les symptômes que manifestait son corps. Pourquoi avait-il le souffle coupé ? Quelles étaient ces sueurs froides qui zébraient sa chair ? Lorsque vint son tour, Éric ferma les yeux quelques secondes afin de rassembler ses forces, inspira profondément et courut violemment, cherchant dans sa foulée un sentiment d'impulsion. Face à la barre, quand ce fut le moment de sauter, submergé par sa propre vitesse, Éric rata son envol. L'épais matelas de réception rompit sa course. Le garçon s'y vautra, provoquant le rire de sa classe. Pouvait-on oublier que sauter en hauteur impliquait un saut ? Il ne s'agissait pas de foncer tout droit pour s'étaler, de courir après son propre élan comme on court à sa perte.

M. Montel releva le garçon. D'elle-même, la classe comprit qu'il n'y avait rien de drôle. Sonné, Éric n'était pas en mesure d'apprécier l'immédiate compassion que l'inquiétude de son professeur avait déclenchée.

— Continuez ! cria l'enseignant à l'adresse de sa classe.

M. Montel accompagna Éric dans un coin du gymnase. Le jeune homme, qui ne se plaignait d'aucune douleur, refusa de boire ou de se rendre une énième fois à l'infirmerie pour une inutile aspirine.

— Repose-toi là…, dit-il en indiquant un tapis au garçon pâle.

Garçons et filles se séparèrent à l'entrée des vestiaires. L'enseignant vint chercher Éric qui s'était endormi, s'enquit de son état et le conduisit jusqu'à son casier. Déjà sous leur douche, ses camarades chahutaient bruyamment.

— Il faut que je te parle…

Éric avait retiré jogging et t-shirt. Il espérait qu'avant toute discussion, M. Montel comprenne que cette nudité l'empêchait de parler.

Il enleva néanmoins son slip, bouchonna ses affaires dans son sac et ferma la porte de son casier.

Le professeur regardait le garçon droit dans les yeux :

— Tu es en train de lâcher prise alors que c'est le moment de donner le maximum… On a parlé de toi au dernier conseil de classe et tout le monde est déçu… Si tu n'améliores pas ton dossier, tu files tout droit vers le redoublement.

— J'aimerais bien quitter le coin. Trouver un bon internat…

— C'est beau de rêver mais il te faudrait un peu de volonté.

Fournier s'était adossé aux casiers. Il baissait la tête.

— Tu n'as pas le droit de te laisser aller. D'autant que rien n'est encore joué. Ce que je te dis n'est qu'un avertissement…

Parce qu'il détestait prendre sa douche en même temps que ses camarades, Éric hésitait à prolonger l'entretien. Il savait quoi dire. Il n'avait pas parlé depuis si longtemps et souffrait d'une peine si profonde et floue qu'il regorgeait de phrases, seules opportunités d'appréhender la terrible vérité qui le minait.

— C'est à cause de Romain ?

Éric déglutit :

— Tout à l'heure, sur le terrain, tout le monde faisait la queue en attendant son tour pour sauter. Certains y arrivaient, d'autres pas. Mais tout le monde essayait. On était là pour tenter notre chance, comme d'habitude, comme dans tout – ce qui fait que dans la vie on ressent de la joie, de l'excitation. Et devant la barre, je me suis dit que le pire, c'était pas les circonstances de sa mort, mais l'occasion qu'on lui retirait de tenter à nouveau quoi que ce soit.

— Je suis pas là pour te faire de grand discours sur la vie, mais pense à une chose qui va sans doute te paraître étrange… Est-ce que tu as déjà vu une course de cheval ?

— Oui…

— Tu n'as rien remarqué ?

Excepté le fait qu'on leur donnait des coups de cravaches, Éric ne comprenait pas l'intérêt de la question.

— Ils portent tous des œillères… C'est le seul moyen qu'on a trouvé pour les empêcher d'avoir peur… Ils ne voient pas ce qui les entoure mais seulement ce qu'il y a devant eux… Sans ça, ils paniquent. Ou se distraient. Or c'est pareil pour nous : il faut penser à ce qu'il y a devant pour avancer et ne pas se faire rattraper par ce qu'il y a derrière, ni sur les côtés…

Éric aurait bien aimé croire en son professeur qui fouillait son casier, mais le jeune homme demeurait perplexe :

— Mais moi je suis pas un cheval… J'ai pas d'œillères…

— Non ! Mais t'es capable de t'en mettre, puisque tu viens de le faire ! répondit M. Montel en lui tendant une serviette qu'il avait tirée de son casier. T'as écouté mon histoire et tu n'étais même plus gêné de ne pas avoir de serviette… Tu t'es servi de mon histoire comme d'une paire d'œillères.

— …

— Quant à la prochaine fois, essaye de ne pas oublier tes affaires.

*Hear the notes from a distant song*

*Fade to grey*, Visage

# 5

La secrétaire avait fait asseoir Mme Fournier et son fils. Le rendez-vous qu'ils attendaient s'annonçait des plus sérieux. Histoire d'injecter une certaine banalité à ces instants qui en manquaient, Joëlle questionnait Éric à propos de sa journée : s'était-il défoulé en sport ? qu'avait-il mangé à la cantine ? lui avait-on rendu la copie corrigée d'un récent devoir sur table ? Mais le jeune homme ne lui répondit pas. Non seulement ces questions l'ennuyaient, mais, au vu de ce que l'entretien prévu remuait en lui, Éric s'indignait aussi que sa mère évoque l'apprêt des jours et, de la même façon, qu'elle se soit particulièrement maquillée, presque ridicule, le visage écrasé de poudre et les paupières surchargées de bleu. Joëlle souhaitait faire bonne figure. Un proviseur n'était pas n'importe qui ; le seul fait que l'on doive patienter devant son bureau en témoignait.

L'homme était occupé. Alors qu'une voix féminine, derrière la porte, protestait contre lui, le téléphone de sa secrétaire sonna cinq fois en un temps remarquablement bref. Cinq occasions de répondre, compatissante, que M. Robert n'était pas joignable avant demain. Cinq fois, elle conseilla à ses interlocuteurs de laisser un message, mais aucun n'en dicta. L'indisponibilité du directeur confortait Joëlle dans son idée qu'à rendez-vous exceptionnel, tenue exceptionnelle, tandis qu'Éric s'inquiétait que le directeur ait donné pour ordre de refuser tout appel : cela signifiait-il simplement que d'autres rendez-vous succéderaient au leur, ou que cette entrevue qui tardait à commencer se prolongerait jusqu'au soir, auquel cas M. Robert envisageait peut-être une conversation délicate, prévoyant de leur confier de nouveaux éléments relatifs à l'affaire Imbert ?

— Je vous préviens. Ils entendront parler de moi à l'académie ! s'écria Mlle Colinot qui ouvrit, grandiloquente, la porte du bureau.

— On en reparle, assura le proviseur qui, dans l'encadrement de la porte, se montra tout à coup gêné qu'un parent d'élève assiste à la révolte d'une enseignante.

Face au soudain embarras de son supérieur qu'elle n'avait pas quitté des yeux, Mlle Colinot crut comprendre que se cachait derrière elle une personne aux revendications autrement plus sérieuses que les siennes. Elle se tourna pour vérifier et découvrit le petit Éric et sa mère assis, patiemment courageux d'attendre la fin de son accès de colère.

— Bonjour madame, lança-t-elle honteuse, espérant se faire pardonner aussi vite qu'elle s'était réfrénée.

— Enchantée…

— Comment allez-vous depuis la dernière fois ? s'enquit Mlle Colinot qui ne se rappelait plus, à ce propos, de quand datait leur dernier et probablement unique rendez-vous.

— Aussi bien qu'hier, répondit Mme Fournier.

Flattée, elle avait employé cet « hier » comme une marque d'intemporelle estime. Hier signifiait avant-hier, le mois précédent ou l'année passée. Hier, c'était dire que toute conversation engagée s'engageait *ad vitam*. C'était la preuve qu'on était des gens bien, respectueux et respectables, fidèles et mémoriaux.

— Je suis désolée que vous m'ayez vue dans cet état, se repentit Mlle Colinot. Vous savez ce que c'est, le travail...

— C'est pas tous les jours facile, j'imagine, hasarda Joëlle qui s'abstint de faire valoir son boulot de mère au foyer, persuadée que les femmes de la ville ne se reconnaissaient plus en ce type de labeur.

— L'académie refuse ma demande de mutation, confessa-t-elle. C'est toujours comme ça, l'administration. Ils ne cherchent pas à comprendre...

M. Robert interrompit Mlle Colinot par politesse envers Mme Fournier, que l'enseignante aurait pu ranger du côté de ses adversaires : comme l'administration, Joëlle ne se fiait jamais qu'à elle-même et n'aurait pas « cherché à comprendre » ce qu'on lui eût refusé, de la même façon qu'elle se refusait de comprendre pourquoi Mlle Colinot n'adressait pas la parole à Éric.

— Je vous en prie, entrez... Je suis désolé pour ce retard, s'excusa le proviseur.

Il avait refermé la porte au nez de Mlle Colinot qui, l'air de rien, réclama du réconfort auprès de la secrétaire, mais cette dernière, apparemment pressée, pliait bagage. Sur la touche, l'enseignante redécouvrait cette place qu'elle s'enorgueillissait de ne plus occuper depuis longtemps.

Le bureau de M. Robert surprenait par le nombre de dossiers qu'il contenait. Un bazar inversement proportionnel au dénuement des salles de cours auquel Éric pensa pour la première fois. Quel était le sens de cette austérité que beaucoup d'élèves, pour peu qu'on les interrogeât, auraient jugé regrettable ? Rassuré qu'une salle du collège, au moins une, ne ressemble pas à un décor, mais soit manifestement habitée, Éric s'assit confortablement aux côtés de sa mère. Tous deux faisaient maintenant face au proviseur.

— Je me sentais obligé de vous recevoir, expliqua d'entrée M. Robert, car ton avenir, Éric, est en jeu : les professeurs ont non seulement constaté que tes résultats baissaient, mais surtout que ça n'avait pas l'air de te préoccuper... D'après ce qu'on m'a dit, tu as l'air absent.

— Ça va mieux.

— Apparemment, tout le monde n'est pas de cet avis.

— Ça va mieux depuis aujourd'hui, assura-t-il penaud, conscient du ridicule qu'il y avait à se déclarer soudainement remis de sa peine, d'autant que le petit réconfort qu'il avait ressenti le matin même, en cours de sport, n'avait pas résisté à la raidcur des cours suivants.

Joëlle faillit prévenir son garçon de garder son sérieux, qu'on ne se déclarait pas guéri lorsqu'on vous soupçonnait de maladie.

— C'est de savoir qu'on avait rendez-vous qui t'a fait ça ? s'enquit le proviseur.

— Peut-être.

— C'est évident, admit Joëlle.

— La question est de savoir si tu souhaites avoir ton brevet..., précisa M. Robert.

— ...

— Tu le veux vraiment ?

— Oui..., répondit Éric, sommé d'espérer ce diplôme, contraint de ne rien souhaiter d'autre, rendu à son âge et définitivement limité par l'absence de son ami.

— Alors il faut t'y mettre tout de suite. Nous savons tous que ce n'est pas facile...

M. Robert parlerait donc de Romain. Pour Éric, c'était la seule discussion qui vaille ; et la plus douloureuse pour Joëlle.

— Cela fait trois mois que Romain est mort, commença le proviseur non sans fierté de s'exprimer explicitement. Trois mois que nous pensons chaque jour à lui. Comme vous le savez, l'enquête est close. Même si personne ne parvient à clairement expliquer les raisons exactes de son décès, n'oublions pas que la mort d'un jeune homme, quelle qu'elle soit, reste en tant que telle inadmissible et renforce notre sentiment d'impuissance. Je veux dire par là qu'il aurait été d'un autre âge, nous nous poserions moins de questions. Je ne dis pas qu'il est absurde de s'en poser, mais le fait est qu'il n'est plus là. Nous devons faire avec, comme on dit.

Éric avait eu le temps de penser cette mort. Il en avait défini les contours et percevait à son insu l'imminent souvenir qu'il en tirerait. À son insu, car c'était précisément cette transformation des faits en mémoire des faits, cette réduction du réel en fiction, cette trahison, qu'Éric haïssait. Dégagé de la nécessaire culpabilité qu'il ressentit d'abord, s'accommoder de cette mort le renvoyait aux derniers instants que les garçons avaient partagés.

Romain dans l'eau. Éric à la caméra.

— Que tu ailles mieux est déjà bon signe, Éric. Tu es quelqu'un d'intelligent. Je crois en toi, dit M. Robert à son élève.

Éric se méfiait de ces compliments bien qu'il s'estimait présentement intelligent de ne pas croire en la gratuité de cet éloge.

— Si je te fais ainsi confiance, reprit le directeur, c'est que j'espère que tu feras bon usage de ce qu'il me faut te rendre. « Je ne veux pas que ça te mine. T'as pas le droit. » C'est du moins ce que Jérémy m'a prié de te répéter quand il m'a confié cette vidéo.

*D'une bande magnétique*
*Un soupir lui échappe*
*Sur un écran géant*
*Une goutte de sang*

*Cherchez le garçon*, Taxi Girl

# 6

Trônant sur la table, l'objet occupait toute la pièce. La paperasserie, qui conférait jusqu'alors à l'intérieur de M. Robert une quotidienneté contraire à la désincarnation du collège, évoquait dorénavant un décor minutieusement fabriqué, la reproduction parfaite d'un bureau d'inspecteur en fin d'enquête qui, fier de son ultime pièce à conviction, exposerait cette cassette plus lourde au dossier d'Éric que de simples feuilles dactylographiées, de part le poids des images qu'elle contenait.

La mort de Romain avait logiquement ému la presse. On avait tout écrit de sa tragique histoire, de la description de l'appartement qu'il habitait à son emploi du temps, de ses résultats scolaires à ses espoirs musicaux. Indifférence ou précaution, on avait toutefois omis de citer son ami. Au vu des proportions que l'affaire avait prises, Éric s'en était senti soulagé bien qu'il demeurait en lui l'inavouable déception qu'aucune ligne n'eût rapporté leur amitié. La vidéo rectifiait son impression lointaine d'avoir été volé de son bonheur, comme diminué de lui-même, doublement défait des liens, par la mort et ses prétendants, qui l'unissaient à Romain.

— Jérémy est venu me l'apporter la semaine dernière, précisa le proviseur. Il avait pensé te la donner par l'intermédiaire de ton grand frère puisqu'ils se connaissent mais, comme tu l'as peut-être appris, Jérémy a, depuis les événements, quitté l'armée.

Parce qu'elle n'avait jamais entendu parler de cette vidéo, Joëlle aurait souhaité qu'on la lui projetât sur-le-champ, seul moyen pour elle de résoudre l'énigmatique et muette émotion de son garçon.

— Tu sais ce que c'est ? l'apostropha-t-elle sous l'œil dubitatif de M. Robert qui n'était pas des meilleurs témoins.

— Pour votre information, sachez que je ne me suis pas permis de la visionner.

— Vous auriez pu..., osa Mme Fournier presque outrée que le proviseur n'ait pas fait usage de cette cassette qu'on lui avait cachée.

— Elle appartient à votre fils, madame, contesta le directeur.

— Tu sais ce qu'il y a dedans, Éric ?

— ...

— Je suis ta mère ! J'ai le droit de savoir...

Éric gardait le silence et ne s'emparait toujours pas de cette vidéo qu'il connaissait effectivement par cœur pour l'avoir tournée. La saisir n'était pas anodin ; la bande avait inscrit le plus douloureux fragment de son histoire ; la ranger dans son sac en actait le souvenir et la posséder lui poserait de nouvelles questions :

supporterait-il de revoir l'inquiétude archaïque qu'il avait ressentie, aux confins de la panique, lorsque Romain s'était laissé couler ?

Malgré lui, Éric pensait qu'il eût été préférable que son ami succombe à cet instant.

*No-one on earth could feel like this*
*I'm thrown and overblown with bliss*
*There must be an angel*
*Playing with my heart*

*There must be an angel*, Eurythmics

# 7

Tout corps plongé dans l'eau remonte à la surface. Le dicton s'était vérifié.

Alors qu'il tenait la caméra de ses deux mains pour plus de stabilité, Éric avait quitté des yeux le viseur. Il avait crié « Sors ! », s'était approché du bord mais il craignait de gâcher la séquence s'il décidait d'aider Romain. Le choix d'interrompre le plan appartenait à leur duo. Éric, seul, n'était pas en droit d'intervenir.

Jusqu'alors, les deux garçons n'avaient pas comparé leurs temps d'apnée. Celui de Romain excédait l'imagination d'Éric qui se savait particulièrement nul en natation ; il y avait les individus qui, comme lui, coulaient après trois brasses, et les autres parmi lesquels il ne distinguait pas le professionnel de l'amateur. Après tout, si Romain tenait bon, c'est qu'il se débrouillait peut-être, mais, accordant bénéfice à son doute, Éric s'inquiéta plus que de raison, se projeta dans les images qu'il filmait, propulsé dans ce drame qu'il mettait en scène malgré lui, cinéaste de fortune ou promeneur indifférent à ce qu'il voit.

Par lui-même désigné coupable de ne pas porter assistance à une personne en danger, il pensa poser son matériel vidéo par terre et laisser tourner par précaution. Ça ne coûtait pas grand-chose. Moins cher que la vie. Mais la tête de Romain réapparut avant que le réalisateur de son clip n'abandonnât sa fonction.

Son chanteur crachait de l'eau. Il avait bu la tasse et toussait au mépris du dernier refrain de la chanson. Trop impatients d'utiliser l'objet qui avait motivé leur escapade, les garçons n'avaient pas chronométré leur scène. Misant sur leur capacité d'improvisation, voilà que leur génie atteignait déjà ses limites. Ils s'étaient sentis violemment ridicules mais, pudiques, aucun d'eux ne l'avoua.

Une fois sorti de l'eau, Romain s'était précipité dans sa serviette et blotti près du feu. Éric y jeta deux nouvelles bûches, désolé de ne pouvoir le réchauffer plus rapidement. Pour sûr, Romain reconnaissait que son ami faisait de son mieux. Aussi, Éric rangea la caméra et déballa les sandwichs qu'Anna leur avait préparés, et lorsqu'il s'aperçut, évitant du regard son ami qui se rhabillait, que le poste de radio traînait près de l'eau comme un témoin de leur échec, il s'éloigna des flammes et rapporta la stéréo auprès d'eux. Il changea discrètement la cassette, lança la musique et fredonna *Stay gold* de Stevie Wonder qu'il identifia au premier accord.

— Tu commences à t'y connaître ! s'enthousiasma Romain.

— Qu'est-ce que tu crois ? concéda Éric.

— Par contre, je suis pas sûr que tu doives chanter ! se moqua le petit prodige.

De cette remarque, Éric avait choisi d'en rire. Plus rien n'était sérieux. Ni le clip qui avait réduit leurs ambitions, ni le déménagement de Romain qu'Éric avait appris par l'intermédiaire de son grand frère. De ce dernier sujet, d'ailleurs, celui qui ne partirait pas transforma ses espoirs d'en apprendre davantage en une prière qu'il n'adressa pas. Promesse qu'il se fit à lui-même qu'aucun des prochains milliers d'après-midi qu'il lui restait à vivre ne ressemblerait à celui-là.

Quand ce fut l'heure de ranger leurs affaires et de reprendre le chemin qu'ils avaient emprunté le matin même, qui menait au parking, Romain avait supplié son ami d'informer Anna qu'il l'invitait à dormir. Décontenancé par cette demande, pour une fois que Romain suppliait quelqu'un, Éric pensa d'abord qu'on se fichait de lui. D'une honte mal placée, il ne conviait jamais personne, terrorisé d'exhiber la ruine qu'il habitait. Ainsi, que Romain en appelle à son hospitalité n'était pas sans fondement ; et son insistance relevait assurément d'un jeu puéril, d'un enfantillage des je-repète-tout-ce-que-tu-dis, d'un babil que la complicité des deux garçons autorisait comme une rectification de ces lointaines années qu'ils n'avaient pas partagées – ou le rattrapage quasi naturel d'une fraternité manquée.

*I would rather not go*
*Back to the old house*
*There's too many*
*Bad memories*
*Too many memories*
*There…*

*Back to the old house,* The Smiths

# 8

Joëlle sortit du bureau fâchée. Elle avait quitté son domicile munie d'intentions louables que personne n'avait louées. Éternelle étrangère aux codes qui régissaient le monde extérieur, elle se sentait chaque fois méprisée. Les gens se conduisent n'importe comment, pensait-elle persuadée de suivre à la lettre les règles de savoir-vivre et de politesse. C'est la faute au progrès. M. Robert, pourtant directeur de collège et Mlle Colinot, qui n'exerçait pas la moindre des professions, avaient chacun leur tour insinué qu'on ne discutait pas leurs positions, avait compris Joëlle qui souffrait, cela va sans dire, d'un terrible complexe d'infériorité que les résultats scolaires de son fiston avaient ces derniers temps accentué. Sa fierté aurait volontiers reposé sur Fabrice, mais il avait passé l'âge des enfants dont on se félicite, et l'idée qu'Éric était son dernier, son dernier petit garçon l'obligeait à s'en flatter, tenue par sa définitive descendance qui, après Fabrice et Éric, ne comptait qu'une fille. En somme, Joëlle était tout à fait prête à s'émerveiller de son fils, mais sous-estimant le malheur qui s'était abattu sur sa progéniture qu'elle ne jugeait pas au bon endroit, une déception latente augmentait sa susceptibilité :

— T'aurais quand même pu défendre ta mère ! lança-t-elle au jeune homme qui ne lui prêtait pas attention, de la même façon qu'il ne regardait rien d'autre qu'en lui-même, comme si les couloirs vides du collège ne le concernaient plus, parti pour ailleurs, libéré de son brevet qu'il obtiendrait en bachotant et délivré du sage élève que l'école avait fait de lui.

Apparemment pressés, la mère et son fils regagnèrent la sortie. Parmi le groupe de collégiens qui traînait sur le parvis, Éric crut distinguer Thomas qui, dépendant de son bus, avait plutôt l'habitude de ne pas s'éterniser après les cours. Il entrevit la délicate discussion possible entre sa mère, Thomas et lui, craignait dorénavant si peu l'hypothèse, accaparé par une autre histoire, qu'il traça, indifférent, suivant Joëlle jusqu'à la voiture qu'elle avait étrangement garée loin, distance à laquelle, face au monde, sa mère se sentait tenue.

— Faudrait qu'on passe chez Romain, dit son fils.

— Pardon ? fit Joëlle, profitant du double sens que le mot propose.

— J'aimerais passer chez lui. Il y a peut-être quelqu'un.

*Now I would do most anything*
*To get you back by my side*
*But I just*
*Keep on laughing*
*Hiding the tears in my eyes*
*'cause boys don't cry*

*Boys don't cry*, The Cure

# 9

Il se rendit chez les Imbert comme on revient sur les lieux de son enfance. Éric se souvenait d'un immeuble majestueux ; devant l'interphone, le bâtiment lui sembla plus petit, moins neuf qu'en ces temps de bonheur où Romain l'y recevait.

Garée à quelques mètres, Joëlle avait accepté, non sans inquiétude, de conduire son fils sur les lieux du crime. En échange, elle avait fait promettre à son fils que cette visite serait la seule, la dernière. Après ça, il n'y aurait plus d'histoires, plus de convocations chez le proviseur ni de vidéos que l'on se passe sous le manteau. Au risque que personne ne lui ouvre la porte, Éric s'était juré qu'il ne retenterait pas sa chance.

Le garçon appuya sur le bouton de l'interphone. Une voix répondit.

— Bonjour, c'est Éric Fournier.

— Je descends, répondit une voix masculine.

Éric serra les poings dans les poches de son blouson. Maintenant qu'il savait l'appartement occupé, il redoutait de ne pas revoir la chambre de son ami. L'avait-on vidée ? Qu'avait-on fait de ses affaires ?

Jérémy apparut dans le hall, marqua un temps d'arrêt, chercha les signes qui pouvaient attester l'identité d'Éric tandis que ce dernier tentait de reconnaître le Jérémy qu'il n'avait jamais vu, seulement imaginé. Sur ce double échec, Jérémy ouvrit la porte vitrée et les deux jeunes hommes se saluèrent.

— Entre, dit-il à Éric. Je suis désolé de t'avoir fait attendre mais on est obligé de faire gaffe, maintenant. On vient tout le temps nous emmerder.

— Pas de problème.

— Je pensais pas que tu viendrais..., lança Jérémy en appuyant sur le bouton de l'ascenseur.

— Moi non plus, répondit Éric sans ambages.

— Je suis content que tu sois là.

Éric faillit répondre « Moi aussi », mais l'ouverture de l'ascenseur l'en priva.

S'ensuivit un tendre silence, respectueux, certainement comparable à celui des funérailles de Romain, se dit Éric, amer que ses parents lui aient défendu d'y assister.

Arrivé au dernier étage, Jérémy sortit le premier de la cabine, chercha ses clefs et ouvrit la porte de l'appartement témoin du meurtre.

— Voilà... Tu connais j'imagine..., dit Jérémy.

— Oui..., déplora le garçon.

— Désolé pour les cartons. Il était temps que tu viennes. On déménage pour de bon.

— C'est pas grave, dit Éric.

— Tu peux y aller si tu veux... Rien n'a bougé... On n'a pas pris de décision..., annonça Jérémy qui n'attendit pas qu'Éric lui demande ce qu'il en était du sort réservé à la chambre de Romain.

— T'es sûr ?

— Tu es comme chez toi.

Éric avança dans le couloir, posa la main sur la poignée de la bonne porte, inspira profondément puis ouvrit. En effet, rien n'avait bougé. C'était la chambre d'un adolescent comme lui. C'était la chambre de son ami. Romain l'avait laissée telle quelle, les draps défaits et le synthétiseur branché, prêt à servir pour peu que l'on sache en jouer… Ce qui n'avait pas de sens, aussi peu que le chauffage allumé qui faisait de cette pièce un endroit où vivre.

Enfin, avant de quitter les lieux et de remercier Jérémy pour la vidéo qu'il avait remise à M. Robert, avant de l'effacer quand il rentrerait chez lui, avant de retrouver Joëlle qui l'attendait dehors, avant de réinvestir sa vie, avant le brevet, avant les tartines et le café du jour j, au matin, avant le dénouement de son année scolaire et son entrée au lycée, dans un internat loin de chez lui, avant de rencontrer de nouveaux camarades, un compagnon de chambrée à qui, les soirs de mélancolie, Éric se confierait, raconterait peut-être l'histoire de cet ami mort avant l'âge, avant qu'il ne s'acquitte de ce récit, avant d'aimer encore, dans une autre ville, avant de repartir, Éric s'allongea par terre et ferma les yeux, prêt à ce que Romain lui rejoue l'un de ses morceaux, comme avant, quand Éric ne se doutait de rien, ne soupçonnait pas que l'on suicidait son ami à petit feu. Comme avant, quand Éric ignorait qu'Anna était, derrière l'amour et ses masques, capable d'aimer jusqu'à la folie.

Comme avant la mort de Romain. Comme avant qu'Anna ne le tue.

# Play-list

*Crow and a baby*, The Human League (*Travelogue*/Virgin)
*Exercise one*, Joy Division (*Still*/London Records)
*Ups*, Cocteau Twins (*Milk & Kisses*/Mercury)
*Pissing in a river*, Patti Smith (*Radio Ethiopia*/Arista)
*Blackout*, David Bowie (*Heroes*/EMI)
*It's so serious*, Talk Talk (*The Party's Over*/EMI)
*Artists only*, Talking Heads (*More Songs About Buildings and Food*/Sire Records)
*Together in electric dreams*, The Human League (*Original Remixes & Rarities*/Virgin)
*Boys don't cry*, The Cure (*Boys don'y cry*/Fiction Records)
*Why can't I be you*, The Cure (*Kiss me, kiss me, kiss me*/Fiction Records)
*Duel au soleil*, Étienne Daho (*Pop Satori*/Virgin)
*Girlfriend in a coma*, The Smiths (*Strangeways, Here We Come*/Rough Trade)
*Stay gold*, Stevie Wonder (*Natural Wonder*/Motown)
*A question of time*, Depeche mode (*Black Celebration*/Mute)
*Paris*, Taxi Girl (*84-86*/Virgin)
*Slave to love*, Brian Ferry (*Boys and Girls*/Virgin)
*Venus*, Television (*Marquee Moon*/WEA)
*Last Christmas*, Wham (*Music from the Edge of Heaven*/Sony-BMG)
*Boys-Boys*, Marquis de Sade (*Dantzig Twist*/Cobalt)
*Promesses*, Étienne Daho (*La Notte, la notte*/Virgin)

*Love will tear us apart*, Joy Division (*Substance*/London Records)

*A photograph of you*, Depeche Mode (*A broken frame*/Mute)

*Forever young,* Alphaville (*Forever Young*/WEA-Warner Music Germany)

*A + B = C,* Mathématiques Modernes (*Dico Rough*/Dorian)

*The boy with the thorn in his side,* The Smiths (*The Queen is Dead*/Rough Trade)

*Guilty Partner,* New Order (*Technique*/Factory)

*Bizarre Love Triangle,* New Order (*Brotherhood*/Factory)

*Cherchez le garcon*, Taxi Girl (*84-86*/Virgin)

*Fade to grey*, Visage (*Visage*/Universal)

*There must be an angel,* Eurythmics (*Be Yourself Tonight*/Sony-BMG)

*Back to the old house,* The Smiths (*Hatful of Hollow*/Rough Trade)

# Remerciements

Merci à Olivier Rubinstein pour son soutien.

Merci à Gaël Morel, Audrey Diwan et Nicolas Pages pour ce qu'ils sont.


www.arielkenig.com

9048

*Composition*
PCA

*Achevé d'imprimer en France (La Flèche)*
*par* CPI BRODARD ET TAUPIN
*le 9 août 2009.*

Dépôt légal août 2009. 53972
EAN 9782290017029

ÉDITIONS J'AI LU
87, quai Panhard-et-Levassor, 75013 Paris

*Diffusion France et étranger : Flammarion*